張曼娟

青春

〔全新版〕

關於青春，幾個紀事

——《青春》新版自序

關於《青春》，有幾件事是無法遺忘的。

出版這本散文集時，我正好四十歲。對一個四十歲的人，尤其是女人來說，好像沒有資格再談「青春」這兩個字了。而我的作家好友，當時才二十幾歲的張維中和孫梓評，卻強烈建議了這樣的書名。

我想，這樣的衝突感，也能表現出某種趣味。青春，是令人永遠緬懷的滋味，更是失去之後，費盡心思想要追尋的珍寶。並且，絕對的不可復得。

但也許，青春成為一種印記，每個人都有自己的版本和詮釋，深深烙印在生命底層，我們保留了自己想要擁有的部分，我們變成了現在這樣的人。

於是，青春永恆的封存在記憶中，無法刪除，不能取代。

書名就這樣被錄用了。

一次訪談的機會，遇見了李心潔，談起創作的狂熱與辛苦，有許多共鳴。我知道她拍片之餘，很認真的繪畫，看見她的畫非常喜歡，於是向她邀畫，請她為《青春》繪製封面與篇章插圖，她幾乎想都沒想就應允了。

我們通了一陣子的e-mail，我陸續把整理好的稿子寄給她，而她那時正在拍攝彭順的電影《見鬼》，把自己逼到極限，又再攀登更高的巔峰，她訴說著艱辛與痛苦，而我看見的是堅持和痛快，這女孩一點也不肯放棄。

她完成了封面圖，扛著畫和我見面，緩緩解開布套，火燄一樣熊熊燃燒著，飛騰而起的女孩圖像，那樣令人震懾，像是痛苦滋養著快樂，在畫布上盡力綻放開來。這不就是，青春的濃烈氣息？

隔年，她因為《見鬼》獲得了第三十九屆金馬獎，最佳女主角獎。

那時還是閱讀的年代，出本書也能上電視娛樂新聞，還有《民生報》、《大成報》、《星報》藝文版，報導出版訊息，刊登作家專訪。

《青春》出版時，皇冠出版社為我舉辦了「新書發表會」。造型師小葳、小冰為我設計了輕盈的樣貌出席，照片與書訊刊登在報上，小燕姐讀報時看見，於是，一通電話找到了我。

那時，她摯愛的彭先生離開了，她剛剛接掌豐華唱片，看見我出版《青春》的訊息，靈光湧現，找我為張清芳填詞，完成了阿芳加盟豐華的第一張專輯唱片：《等待》。

專輯中的〈深邃與甜蜜〉這首歌，入圍了第十四屆金曲獎最佳作詞人獎，也使我的創作歷程多了「作詞人」的身分。

「青春，是冰做的風鈴。」很多人都喜歡這句話，感覺到美好與惆悵。

我不怕青春消逝，也不怕青春遷徙，我的耳中仍時時迴響著清脆悅耳的聲音。

誰說，青春喚不回？

目錄

第3樂章——告別

第4樂章——青春

第1樂章

想念

曾經以為可以百年的美味鋪子，
原來只有短短的兩年，
我並沒有特別難過，只是忍不住嘆息，
許多事，我們以為可以天長地久的，都是這樣的吧。
其實，我很願意再度去澳門尋找那個小小的店鋪，
我想念樹林裡的微風，我想念當時的自己。

在森林裡種首歌

我並不是那麼快樂，我只是堅持，
不肯讓痛苦掠奪了我的快樂。

如果你在路上遇見一個人，他一邊走一邊哼唱著一首歌，也許五音不全，或者根本不成曲調，然而，你聽得出喜悅的氣氛，像一顆顆跳動的光粒子，與你擦身而過。這時候你會怎麼想呢？真是一個幸福的人啊。他最近想必過得稱心如意吧；又或許他終於得著追尋已久的東西；也可能是他甦醒前夢見一群天使，在溪岸邊的綠色草地上舉行音樂會。

幾年前，一個相識多年的朋友，開車載我在北海岸兜風。剛剛吃完一袋新鮮草莓，春天的陽光和暖風都很溫柔，我們有整整一天的時光可以消磨。我在被草莓香氣裹覆的舒適車中唱起歌來，因為記性不好，每首歌只唱幾句就換下一首，卻也能生生不息，一副可以唱到天荒地老的樣子。

朋友忽然轉頭望住我：「從來沒有認識過像妳這麼愛唱歌的人。」

我覺得不好意思：「我太吵了。」

「不是，不是，我喜歡聽妳唱歌，雖然妳從沒唱完過一首歌……可是妳總是唱啊唱的，好像好快樂！」

「是因為和你在一起，很有安全感的緣故啊。」

我笑嘻嘻的回答，避開快樂不快樂的問題。

因為在那時候，我多半的時間其實並不快樂。我在一種難以向人訴說的苦楚與憂懼中度日如年，因著好強性格的驅使，我命令自己不可以被打倒，一定要若無其事的過日子。每一天，我穿戴整齊去學校教書，企圖將國文課上得生動有趣。字詞的來源與考證也許很重要，而我更在意的是我們能從古文與古人那兒學到一些什麼？也許是一種看待人生的態度；也許是一種超越苦難的方法，常常，當我寫完黑板，要花費好大的力氣，才能轉頭面對，那些滿懷憧憬的臉孔，那些純真年輕的眼睛，並且，給予他們一個合宜的、肯定的微笑，讓他們相信世間的美好。

我並不是那麼快樂，我只是堅持，不肯讓痛苦掠奪了我的快樂。

九七年八月，隻身到香港教書，對於新環境的好奇，完全掩蓋了變動可能產生的疑懼，我被安排暫住校園深處的招待所。因為尚未開學，校內人煙稀少，接待我的同事好心叮嚀，天黑以後不要隨便走動，這附近出過事的。幾十個單位的面海宿舍只得我和一位高齡老教授居住，老教授善意與我招呼：「妳住哪間房？……哦，那間啊，白蟻特別多的……」我漸漸覺得臉頰上興高采烈的笑意已轉為肌肉的抽搐了。

寄給朋友的明信片上我寫著：「住在這裡就好像住在森林裡，空氣很新鮮，每天都在鳥鳴聲中醒來。」

我只是沒描述天黑以後的景象。

天黑之後，我便從宿舍走出來，在路燈的照射下，去到一幢大樓的門前打電話回家報平安。水銀燈將四周都塗成朦朧的白色，像一層霜，夏末的夜晚，彷彿因為霜降，所有的人都消失了，一片遼闊寂寞的景象。我聽著遙遠的家人一聲聲問：「那裡怎麼樣？安不安全？人多不多？」

「這裡很多人的，學校嘛，當然很安全囉，不用擔心。晚上都有人來巡守的。」

為什麼我會知道有人來巡守呢？因為那已是我的第三個難以安眠的夜晚了。

第一夜，我在兩房一廳的宿舍裡整理行李，收音機裡播放著音樂，ＤＪ有時會突然激動地揚起聲音，我喜歡這種有人在身旁的感覺。坐在床上，我將摺疊整齊的睡衣打開來，正準備就寢。忽然聽見ＤＪ喊叫一聲，劈里啪啦，一陣火花，四周一片黑暗，靜寂的黑。我怔怔地坐了片刻，這才意識到，跳電了，冷氣也沒有了。除了書房之外，客廳、臥室、浴室、廚房，全都沒電了。我將臥房的窗子推開，知道窗下不遠處便是海，也聽見廣九鐵路上的火車行進的聲音。同時，我聽見簡直不可能會響起的滴答聲。那是客廳裡的掛鐘的行走聲，可是，白天裡我已經注意到它沒電罷工了，停在不知道是哪一天的四點二十五分。我非常確定的，此刻，它卻走得龍馬精神，滴答滴答，在臥室裡也能聽見。

我逃進書房，將房門緊閉，這是出外旅行這麼多次以來，第一個失眠的夜晚。因為難以成眠，我不斷起身到廚房裡喝水，便會看見定點經過窗外巡守的保安人員。天明之後，我佇立在掛鐘之下發愣，它安安靜靜地，停在七點十七分，很無辜的樣子，彷彿從來沒有走過。

到了夜裡，電力仍未修復，我又聽見秒針行走的腳步聲，就在那樣的聲音中，我睜著眼等待天亮。

有一天，我得了急症，腹痛如絞，因為人生地不熟，擔心休克了也沒人知道，所以，離開學校，轉換了一個多小時的車，去城裡找一個舊識，那人曾交代我有事一定幫忙。我在那人辦公室附近的7-11打電話，對方好像很忙，兩三句就急著收線，我沒透露出求援的訊息，只是平靜的說再見。蹣跚走到店門口，我蹲下去等待另一陣劇痛的宰割。

回到學校的時候，已經好些了，只剩下深深的疲憊。小巴士載著我，在森林的入口處下車，然後，我必須獨自一個人穿越黑森林回家。那晚的月色很好，將樹影清楚投射在地上，像一株株萍藻，夜風從海上吹來，有一種走在水中的涼意。忽然，聽見歌聲，在寂靜的夜裡，在我一向畏怯的森林中，我聽見自己的歌聲，持續著愉悅的腔調。

這令我覺得難以置信，卻又有些明白了。

其實，生活中的瑣碎折騰和挫敗，都是不可避免的，正因為這些困境來勢洶洶，安然度過以後，便有了一種慶幸與感激。真正可貴的幸福，原來不是從快樂之中來，而是從憂愁之中來的。

後來，當然仍免不了有些惱人的事，便是未來長長的一生，也少不了的。但我知道，我將會記起那栽種在黑夜森林裡的，恆久的歌聲，像是一種幸福的允諾。

永不失去快樂的願望。

迷路在花叢

假若，冬日裡迷途的我，
知道自己是迷失在這樣炫目的花叢之中，
不僅不會驚惶，可能還覺得愉悅奢侈呢。

❋

我的手指輕快迅速的敲擊著電腦鍵盤，發出一種類似音樂的聲響，有節奏的，流暢的，隱隱含著催眠的意味。這一陣子，每當我打字的時候，總覺得有一種新的聲響夾雜在其中，不發自電腦，不來自室內，從室外傳來，彷彿是布帛被快速的撕裂，還能夠感受到微溫的柔滑。當我停下手指的動作，構想下一個情節，並且聆聽，一切都安靜下來了。於是，我再度投入，那聲響又開始，我忽然停住，正在醞釀的情節與人物四散飄飛，然而，這一回，逮了個正著，我終於聽得清楚明白。

原來是蟬。

因為仍是春天，這些蟬算是生得早了，牠們只有一、兩隻，為了打發寂寥，所以扯開嗓子試音，聲音裡有一種剛剛睡醒的慵懶，不能盡性。就像是合唱團的團員，提早來到了練唱的山谷，四下無人，獨自引吭高歌，有時也停下來，靜聽山谷的回聲。他可能會最懷念這段孤獨的時光，天地間只有自己的歌聲嘹亮，我也用這種心情去揣測蟬的春日練唱。

這蟬唱使我的所有感官漸次甦醒，在季節之中。自從去年秋天來到香港，我發現自己一重又一重的緊緊包裹封閉住，那些幽微敏銳的感覺。剛到一個新環境，理所當然的不適應，我不想給別人添麻煩，所以，總是忍著不問，等著沮喪與挫折一次次來襲，再一點一點的學習。起先，辦公室的電腦裡的軟體太舊，是我不曾使用過的，對於已經習慣以電腦寫作的我來說，真是一種由奢入儉的重大考驗。歷經四個月的漫長等待，好不容易擁有了最新的軟體。打稿的時候，不明原因的，竟會發生所有的字都在螢幕上消失的情況。有時候，一、兩千字的稿子即將完成，忽然之間，隱形的吃稿怪獸出現了，眼見牠迅速確實的吞噬掉每一個字，留下一個空白的螢幕，與一個目瞪口呆的我。

轟！每一次，我都聽見腦袋裡的爆炸聲。我盯著鍵盤和螢幕，發一陣子的獃，然後，調整坐姿，重新開始。

「天啊！妳不找人來檢查嗎？」聽見的人莫不大驚失色。

我找過專家來好幾次，他們說這是聞所未聞的，不知道問題出在哪裡。

「妳怎麼能忍受？妳不會抓狂嗎？」有人覺得我很奇怪。

每當那種時刻來臨，我只想解決問題，抓狂、崩潰、發脾氣，有什麼用呢？我一點一滴的，把自己的喜怒哀樂磨鈍了。

到了冬天，父母的身體不好，我常常台港兩地奔波，心靈的耗損與憂傷，使我更不准許自己有多餘的感覺。冬日香港寒冷潮濕，空氣中水分含量有時高達百分之九十九。租賃的公寓牆壁上浮著一層水氣，我用手指在牆上一劃，便聚成一股水流，細細淌下。因為學校真的很大，因為我的方向感真的很差，常常一個轉彎就迷失了道路，被焦躁困在一片樹叢中。

近來走在校園裡，發現陽光下的風景都不一樣了。我首先在一塊懸掛的木牌上，看見牽念已久的洋紫荊，就像是台灣常見的羊蹄莢，只是顏色更鮮豔亮麗。這就是代表香港的花朵了。識得洋紫荊的那一天，我彷彿是知道了一個心儀的朋友嬌痴的乳名，竊竊的欣喜。接著又發現，往昔常常迷路誤闖的那片樹叢，已開滿了各色鮮花，原來是杜鵑。紫紅、粉紅、雪白，一齊開放，出乎意料之外的壯麗景象，看著那樣的繁盛，嗅著若隱若現的香氣，竟有一種奇怪的暈眩之感。假若，冬日裡迷途的我，知道自己是迷失在這樣炫目的花叢之中，不僅不會驚惶，可能還覺得愉悅奢侈呢。

曾經，上完一天八堂課，天已經黑了，校車載著我們往火車站去，一個大轉彎，便見到吐露港的海，燈都點亮了，海灣靜靜的眠在夜色裡。此刻，天亮得愈早，黑得愈晚，下課的時候，天仍光亮，車子一轉彎，就看見碧藍的海水，甚至連白色的浪花也能看見。站在等火車的月台上，下班放學的人潮像上班上學時一樣多。太陽不如白天那麼猛烈，土地被曬過以後，吐出一股樸拙的氣息，混著早開的茉莉清香。

我想，我是真的疲憊了，在這黃昏的天光中，竟恍惚覺得是置身在晨曦裡。明明是一日之將盡，卻好似一日正要開始，所有的不如意可以重新來過，所有已經錯過的，猶可追回。

當我從午覺醒來

原來，我們都沒有長大，
原來，我們都還是小孩子。
原來，我只是在午睡時作了一場夢，經歷了成長，
經歷了許多不可彌補的錯誤與憂傷。

❀

九八年的春天，我陷在空前的緊張與忙碌中。香港的大學裡的課業已近尾聲，畢業生到了提出論文的最後階段，我的辦公室裡隨時都有學生來問問題。台北工作室也遭逢了一些困擾，使我坐立難安；還有持續不斷的寫稿壓力，加上我為香港電台製作主持的廣播節目。每一件事我都如此看重，所以找不到理由怠忽。我不能告訴學生，因為寫稿太忙，不能上課了；也不能告訴聽眾，因為工作室太忙，所以

隨隨便便做節目，你們不必太認真。

我開始失眠，輾轉反側。白天，不停的工作，好容易鬆口氣，剛剛拆開母親為我製作的三明治，才咬了一口，學生又緊急的敲門求助了，滿嘴炒蛋番茄，我不知如何遮掩自己的狼狽相。胃部一陣陣緊縮，索性不吃了，我以為可以專心做事，精神會好一些，不料疲憊的感覺更深。我變得沮喪暴躁，每天起床都有痛哭一場的衝動，有時候，很想隨便抓住一個人，向他請求：

「幫幫我！拜託！幫幫我……」

可是，教人家幫忙什麼呢？除了自己，這些事誰能幫得了？

終於有一天，父母親忍無可忍，發出最後通牒，不准我出門，一定要在家裡好好休息。我像一隻困獸，在房子裡踱來踱去，身體的疲乏已到了極點，精神上卻極亢奮。直到午餐後，忽然下起雨來。

母親對我說：

「去睡個午覺吧。」

睡午覺？我差點笑起來，只有孩子和身體不舒服的人才睡午覺的，我有這麼多重要的事要做，怎麼可能睡午覺？我倒希望父母親去午睡，我就可以偷偷溜到學校去做事情了。父母親說他們不能午睡，年紀大了，怕中午睡了夜裡睡不好。能睡午覺是很幸福的呀，母親說。我坐在窗邊聽雨聲，有節奏的，持續不斷的像一闋一唱再唱的催眠謠，雖然單調，卻很熟悉親切。我聽著，眼皮愈來愈重，歪倒在床上，告訴自己，只是躺一躺罷了，我不睡午覺。

躺下以後，忽然嗅到一股氣味，是在雨水裡浸泡過的泥土，吐出的生鮮氣味，還有木頭窗櫺潮濕以後的甘香，曾經，我就在這樣的氣味包圍中，沉沉睡去。然而，那已是二十幾年前的事了。

小時候一直不明白，父母為什麼固執地一定要我們睡午覺？其實，我們精力如此旺盛，就像裝了持久電池在背上，根本消耗不盡的。所以，午睡時間變成了幽怨時刻，我和弟弟拖著腳步，慢慢爬上樓梯，回到臥房躺下，小聲的聊天，唧唧喳喳。隔一條巷弄，對面鄰居家的三姐弟，是我們的玩伴，他們也正處於午睡時間。於是，我們找到了打發時間的方式，兩家的孩子都攀在窗戶上，無聲的打著手勢來交談。有時把枕頭塞進衣服裡裝孕婦；有時把床單披在身上當大俠；有時把手帕繫一個疙瘩演布袋戲；有時玩得過了火，把母親的化妝品五顏六色抹在臉上演野台劇。我們既是演員，也是觀眾。偶而，一不留神，媽媽們闖了上樓，於是，便可以聽見尖叫聲。如此驚心動魄，而又趣味十足。

下雨的時候，視線不良，我們只好聽著雨聲等著時間過去。弟弟才向我保證他不會睡著，過了一會兒，「喂！你睡著了嗎？」我輕聲問，回答的只有淅瀝瀝的雨聲。我忽然覺得有些寂寞，只有我還在與時間堅持著。也不知道堅持為了什麼。靜靜看著弟弟睡熟的側臉，美麗的童顏。

接著便是升學歲月，睡午覺簡直成了非法活動，應該嚴格取締。我擁有了不睡的自由，卻失去了午睡的權利。有時候竟然思念起那些未睡與睡著了的午睡時光。

成年以後的勞碌奔波，使我幾乎忘記了午睡這一回事。前兩年到美國弟弟家中休假，因為時差問題，令我昏昏欲睡，有時乾脆睡去了。一次從夢中醒來，我看見陽光裡睡在身邊的弟弟的童稚的臉，濃長的睫毛，圓鼓的腮幫子，原來，我們都沒有長大，原來，我們都還是小孩子。原來，我只是在午睡時作了一場夢，經歷了成長，經歷了許多不可彌補的錯誤與憂傷。那麼，我翻身起床，便可以去樓下尋找年輕的母親，我們喚醒弟弟，一同出門接爸爸下班回家。我會把這場夢當作一個祕密，誰也不告訴，或許過不了多久，連我自己也忘了。

我起身，在鏡子裡看見自己三十歲以後的形貌，而我身邊小小的男童，不是弟弟，當然不是，是弟弟的兒子，我的侄兒。

在香港的雨中，我又墮入一場奇怪的夢。我們姐弟和對面的姐弟攀在窗上比手劃腳，忽然，對面的女孩長大了，成為女人，她們從窗上下來，挽著男人，牽著小孩在巷弄中聊天，像大人一樣。然後，我的弟弟也長大了，他離開窗台，牽一個孩子，抱一個孩子，加入巷弄的大人行列。只剩下我和對面的小男孩，我們仍對望著，沒有長大。

我猛然想起，這個孩子，就是這個孩子，他後來長大了，並且在一場意外中喪生。我想提醒他小心，卻不敢大聲喊，因為記得自己應該睡午覺的。我於是對著他比劃起來，十幾年以後，要小心……我的表情急切，動作誇張，而他完全不能理解，以為我在和他做鬼臉呢，一逕咧著嘴，很快樂的，對著我扮鬼臉。他在頭上比出一對角來，掀起鼻子，又忙著將眼角往下拉。我於是放棄了，只是安靜地看著他，再看一會兒，多看一會兒。很多事是無可避免的，我們於是只得學著接受，並且視為理所當然，這世界原本就不是按照我們的期望打造的啊。

我睡了兩個多小時的午覺，醒來以後，全身鬆弛了許多，心情豁然開朗，覺得任何事都有解決的辦法。最重要的是，我發現自己的生命正在最自由的階段，沒人可以命令我午睡；就算午睡一場，也不必擔心夜間睡不安穩。

夏日密碼

我們在欲睡的午後時光，
喃喃地訴說自己的夢想與憧憬，
看著我的朋友緩緩地點燃一圈蚊香。

❀

我對於夏日季節的辨識，常常，是從氣味開始的。

行走在沙田濱海的校園裡，嗅到一股香片被沸水沖開的氣味，連續好幾天了。是誰這樣好興致，在樹林裡泡茶，就著綠蔭，一飲而盡？看見矮樹叢中的小白花，我才猛然發現，原來是六月茉莉，提早綻放在五月的園圃裡。這氣味使我想到小學時代，總在鉛筆盒裡鋪一層茉莉花，讓五顏六色的鉛筆，乖乖躺在花床上。鉛筆盒總是密密實實的蓋緊了，每次掀開鉛筆盒，像一個儀式，惹得身邊的同學紛紛轉頭，深吸幾口氣，讚嘆著說：「哇！好香喔。」

我的虛榮心繼續膨脹著：「我的鉛筆也很香喔。還有……我的橡皮擦，還有，我的刀片，都很香很香喔。」

那時，鉛筆盒裡的住客，就是這些文具。後來，女生流行玩紙娃娃，用彩筆畫出體態窈窕的比基尼女人，再幫她們畫出各式各樣的洋裝、套裝、晚禮服，並且，讓她們住在鉛筆盒裡，成為新的住客。我們替她們編故事，隨著劇情更換不同的服飾。我的紙娃娃沒有太多衣服，卻有很多朋友，因為我總能編出匪夷所思，高潮迭起的故事，讓每個紙娃娃都有戲份，讓每個小主人都玩得盡興。班上有一個功課好又漂亮的女生，總要扮演女主人，教其他的紙娃娃都做傭人，台詞只有：「小姐回來啦」、「小姐請喝茶」、「小姐妳的電話」以及「哇！小姐真美麗」。我看見她總是一個人，和她的紙娃娃自言自語。那是我第一次學習到，如果總把自己放在主角的位置，就只能孤孤單單的一個人。

香港的大學從五月就開始放暑假，直到九月才開學，整個夏天都不用上課，真的是誠心誠意的放暑假。停課以後，我向學校請了幾天假回台北，夜裡因為蚊子的騷擾，總不能安眠，我只好去雜貨店買蚊香。從小，家裡面不太用蚊香的，父母親認為蚊香的氣味對身體不好，所以，睡覺前的捕蚊運動，成為全家的歡樂時光，我們屏氣凝神，聆聽蚊蚋的動靜，覺得自己變成一隻小雷達：「在那裡！」啪！母親例不虛發，手到擒來，我對這一點始終透著敬意，覺得母親的武功和小李飛刀差不多厲害。

我們小時候住在父親工作單位提供的宿舍，兩層樓的花園小洋房，整個社區有六十戶人家，每到夏季，單位就會派人來家家戶戶進行防蟲消毒，清潔人員戴手套口罩，噴灑藥水，警告大人們要看好孩子和家畜。消毒過後，整座社區都瀰漫著藥水味，涼涼的薄荷氣味，乳白色的毒液漂流在水溝裡，一陣午後雷陣雨，便沖刷盡淨了。夏天也就這麼堂而皇之的登陸了。

我站在雜貨店裡，不知該選購哪一種品牌的蚊香，直到嗅到熟悉的味道。那是一家老牌蚊香，少女時代，我的一個好朋友的身上，總纏繞著這股氣味。她是個靈秀的女孩，當我們開始對各種香水產生好奇，勇於嘗試的時候，她的身上總是蚊香味。我曾經天真的問她：「妳用蚊香燻衣服嗎？」

「不是的。」她說：「我的房間很小，所以都是蚊香的味道。」

我後來終於如願以償的拜訪了她的「很小」的房間。原來，因為父母離異，她是寄養在親戚家的。親戚在臥房的一角凌空搭起一個小閣樓，作為她的房間。不到兩個榻榻米的空間擺著她的書架、衣櫃和被褥。我們幾個女孩全部堆擠在一起，嘰嘰喳喳，興奮異常，大約是人類對於穴居時代的眷戀意識，我一直很羨慕她的狹小空間。彎著身子走路，所有物品都醞染著濃濃的蚊香味。我們在欲睡的午後時光，喃喃地訴說自己的夢想與憧憬，看著我的朋友緩緩地點燃一圈蚊香。

當年不知道什麼原因，幾個女孩會要好到這樣的程度；就像後來不知道什麼原因，就這麼疏淡分散了。奇怪的是也沒有傷痛或者不捨的感覺，就像天明以後，看見燃盡成灰的蚊香。

假期結束，再度返港。天色將夜而未夜，我和父母在社區的花園裡散步，我忽然聞到七里香的味道。「啊！七里香。」我喚它的名。於是，就像小時候玩捉迷藏似的，被喚到名字的人被發現了形蹤，不能再躲藏。細巧的、雪白的花朵，全在道旁的綠叢中露出臉來。也是這樣的天光，也是這樣的季節，也是這樣的氣味，童年的我和友伴追逐著，一不小心仆倒在地，膝蓋汩汩淌血，我怔怔的看著，不覺得痛。忽然，看見裙子上因摩擦而損壞的破洞，我的淚洶洶而來。那是我最喜歡的一條裙子呀。大人們一個勁兒的安慰，再去買一條好了，別哭啦。就算再買一條，也不是原來的那一條了，我很執著的傷著心。如今，很多個七里香的夏天過去了，比一條裙子更珍貴、更鍾愛的，也都失去過。我擦乾眼淚不哭，把這些難捨的苦痛，看做是人生道途上的碰撞摔傷，是不可避免的。我知道自己有勇氣。

至於夏日的密碼，對我而言，最鮮明的就是氣味的記憶。

城市璀璨的魂靈

我們已經看見了，這就是我們的了，
這樣神奇似天堂的雪中風景，是我們的了，
光華而永恆。

在香港教書的時候，學生們殷切詢問，要不要去尖沙咀看燈呀？曾經有好幾次，我與朋友專程到香港過聖誕節，為的就是那綿延海岸線的迤邐燈景，每一盞裝飾綺麗的燈，都成為海上盪漾的浪光，如此繁華，有著末世紀的魅惑力量。好容易有機會到香港來過生活，怎麼能不去看燈景呢？一定會去的，我告訴學生們，但，不知什麼時候才能抽出時間，你們先去吧，別等我。就這樣，我懷抱著一定要去看燈的心態，奔波在城市中，飛翔於港台的天空上。和台灣的友人喝茶的時候，友人問道：「香港今年的燈怎麼樣？好不好看？」我窒了一下，聖誕節已經過完了，我竟然沒有趕上看一眼燈海景色，我錯過了，在最近的距離，失去。

也是在飛來飛去的時候，台北的朋友說起敦化南路的林蔭大道上，牽起一長條亮晶晶的燈火，將經過的車輛行人都映照得如夢似幻，朋友殷切的說：「什麼時候有空，帶妳去看吧。」好啊，好啊，我熱切的點頭，這樣美麗的景色一定要去看的。甚至在夢中，我都見到那一串懸起的光耀小燈珠，像河水一樣從我頭上流過，宛若天黑以後，靜靜懸起的，一座城市的璀璨魂靈。

只不過，依然，我錯過了。

後來，我回到了家，回到熟悉的校園裡，再不必奔波或者飛翔，決定好好等待並且品嚐，這座屬於我的城市的聖誕饗宴。聽說天母一帶會佈置一個聖誕遊園會，在街道中央的分隔島上，我立即想到秋季裡，那兒曾經舉行過的欒樹節。枝葉低垂的綠樹中，掛滿纍纍粉橘色燈籠般的小花，一種豐盛的感覺。會不會在那些栽滿欒樹的綠蔭中，又有了聖誕派對？好奇心驅使我一探究竟，果然就是在欒樹之間，歡樂童話的聖誕嘉年華會即將登場。一圈圈各色燈泡已經張掛起來，許多童話卡通中的人物造型玩偶，也紛紛被擺放好了，堆砌起來的薑餅小屋正被噴灑白色粉末，不知是糖霜或是雪花。許多大學生懷中抱著各式玩偶或裝飾品，談著笑著向分隔島聚攏，他們的臉頰在寒風中微微發紅，被興奮鼓動著，這是他們的舞台，展現出青春夢想與創意熱情，準備大顯身手。

忽然想到那年，雪下得很早的冬天，我在美國東岸過聖誕，我們將聖誕樹拼湊起來，駕著車到禮品專賣店去採購裝飾品。西方人過聖誕是一年中最重要的事，五花八門的燈飾、彩帶與珠球、鈴鐺……堆積如山，我們陷在其中翻尋最特別的，店內的聖誕歌曲唱不停，隨時有裝扮成聖誕老人的人過來和顧客打招呼，或者開玩笑。大家都把厚重的外套脫去了，臉頰被暖氣烘得緋紅，帶著發自內心的笑意，拎一大包回家。從窗戶到門，從樓上到樓下，從聖誕樹到園裡的灌木叢，都被裝飾得光鮮亮麗。我們總要忙一、兩個禮拜，在聖誕之前的半個月，全家到齊，大喊一聲：「點燈囉！」所有的燈一起燃亮，我們大聲拍手，就這樣歡喜地，一直亮到新的一年。

台灣沒有這樣的氣氛，也沒有這樣的場合，所幸今年有一場街頭聖誕秀，我看見年輕學生的臉上，有我所熟悉的，美國人過聖誕的歡喜期待。

香港學生寄卡片來，告訴我香港的聖誕氣氛已很濃烈，又問台灣人過聖誕嗎？還說，如果有機會，很想來台灣看看聖誕節的景象。我去書店挑卡片回覆他，一邊想著，如果他真的來台灣，我一定推薦他去欒樹林中看聖誕宴。香港沒有這樣濃綠的行道樹與分隔島，也不會有這樣的聖誕景象，我忽然有了一點小小的虛榮，我們沒有那樣得天獨厚的海岸，卻有茂密的行道樹，像一座座巧緻的森林。這城市的人們挑選了一座狹長的森林，辦我們自己的聖誕派對。我想像著宣佈：「點燈囉！」的那一刻，整座城市都將變得不同。

就像那一年在美國，我們佈置好自己的家，有時在白天出門，設定好亮燈的時間，晚上駕車回去，轉過社區的小圓環，放慢速度駛向我們的家，門上窗上的燈飾全部燃亮，一屋子的璀璨輝煌，已經欣賞過幾十次，還是會情不自禁讚歎：嘩！然後，被自己的讚歎感動。我們還會挑選一個寂靜的晚上，駕車到四十分鐘車程的另一個城鎮，聽說他們的聖誕裝飾是方圓百里中，最醒目的，極具觀摩價值。

我們的車靜靜滑進那個社區，看著屋頂上的聖誕老人和羚鹿；園中安置的耶穌誕生馬廄模型；如瀑布一般垂掛的燈球，我們在車內觀看著，看著一切觸手可及的美麗繁華，然而，我們就只是看著，被撼動著，沒有下車去身歷其境或者碰觸的念頭，一點都沒有。我們已經看見了，這就是我們的了，這樣神奇似天堂的雪中風景，是我們的了，光華而永恆。

天母的燈被點亮了，一個週末假期，幾萬人蜂擁而至，大人孩子推倒了玩偶，拆散了燈飾，也摧折了花木，還將裝飾帶回家做紀念，佈置者痛心的看著這一片狼藉，欲哭無淚。為什麼會這樣呢？我在寫給香港學生的卡片上，踟躕著，該不該提起我們曾經有過的一場倉卒潦草的聖誕饗宴呢？

我曾在風大的街道上行走，想像著所有的燈被燃亮以後，車輛有秩序地排列著，靠近又離開，離開又靠近，像一條銀河，護持著在歲末持續跳動的一顆，城市之心。

盛夏的我和感冒

有個女生來聊天，她面對我的仍空置一半的書架，
站立許久，然後回頭，
很篤定的說：「我想，妳一定明年就回台灣去了。」

❋

放暑假的校園裡，少了學生的譁笑喧鬧，變得很寂寥了。這樣的空氣與聲息，竟然很像是去年八月，抵達香港，走進校園裡的感覺。那時候還沒開學，我剛剛到。現在卻是停課了，我準備要離開。辦公室裡的書架差不多全搬空了。記得剛來的時候，我一點一點的將書從台北運送到辦公室來，學生每次來談話，都會張望我的書架，並且問：

「書怎麼這樣少啊？」

我向他們解釋，要一點一點慢慢搬。我確實搬運得緩慢，三個月以後，有個女生來聊天，她面對我的仍空置一半的書架，站立許久，然後回頭，很篤定的說：

「我想，妳一定明年就回台灣去了。」

說的時候，她並不顯出歡喜或者悲傷的樣子，只是淡淡地，等候我的回覆。我告訴她，如果她想的話，可以借閱書架上的書，但是一定要歸還。她點點頭，垂下頸子盯住自己的手指。沒有說話。

我們那天說的話很少，因為，我也陷在一種奇異的惆悵中。原來，我的潛意識竟是做著一年後回台灣的準備的嗎？這個部分是我一直未曾察覺的。

因為，我正努力融入這個迅捷而變化多端的城市裡。

我請了一位從大陸到香港來的學生做小老師，每星期教我兩次廣東話。有了小老師以後，我不怕與香港人說話了。甚至還可以鐵面無情的殺價，並且獲得勝利。看電視的時候，不停的跟著劇中人喃喃地唸台詞。那陣子演的恰好是警匪片，我最嫻熟的就是：「你可以保持沉默，但你現在所說的一切，都將成為呈堂證物。」這些話當然不適於教學，也不適用於日常生活。

第一次走進教室前，我在樓梯間與走廊上踱來踱去，心中充滿疑懼。假設，學生們完全聽不懂我說的國語，而我又完全聽不懂他們的廣東話，該怎麼辦呢？比十年前第一次教書還要緊張的我，終於站在了學生面前。像一個聆訊的死囚，面對最後一次平反的機會。當我緩慢而清晰的說完一段話，並且要求他們聽懂了就點頭。在寂靜無聲的三秒鐘裡，我已經開始絕望，然而，他，她，她，她，他們一個接著一個向我點頭了。我有些激動，一時間不知說些什麼，便也對他們點頭，就這麼，開啟了我們的第一堂點頭課。

後來，愈來愈熟悉，學生們才說他們當時要與我見面，有多麼忐忑不安。幾個人站在我的辦公室走廊上，疑慮地猜測著這個「國語人」老師，不知是怎樣的一個人？如果不能溝通，那該如何是好？沒有人敢敲門，恨不得就這樣一直站下去。後來，有個壯著膽的學生敲了門，我起身打開門，他們一連串地衝著跌了進來。說起往事，學生也都笑起來，覺得自己很沒有禮貌，覺得很抱歉的樣子。其實，我一點也沒有注意這個部分，實在因為我自己也緊張得一塌糊塗呢。說著笑著，卻都有些惆悵，一切都好像只是昨天，卻再也不能重來了。

到了七月，我開始收拾行李，每天在答錄機裡都聽見不同學生的留言，問我是否還在香港？可不可以見見面？他們希望我回台灣的時候能夠送機；又說路過我的辦公室敲門，聽不見回應覺得很難過……

我確定自己感冒了，在聆聽著留言的當兒。

那個當初問我是不是一年就返回台灣的女生，後來找到一個說法令自己更能接受：「妳就是一個來去如風的女人，風是不可能停下來的，對不對？」她趕著我離開之前，疊了一瓶子的星星，希望能照亮我生命的每個瞬間。「雖然，我想，妳一定會把我忘記，我卻永遠不會忘記的。」她說。

我想，她並不知道，即使是風，也是有記憶的。我只是感冒了，並不是失憶。

另一個臉頰總紅撲撲像蘋果的女生，多情而善感，與我一貫聽見的所謂香港學生的形象極不同。她非常害羞寡言，有時來辦公室看看我，安靜的時候居多。整理辦公室時，我看見她自己製作的十字繡。

「我知道妳喜歡小王子，所以就做了一個小王子送給妳。可是，做得不好啊，都不太像呀。」她來送禮物的時候，臉頰比平常更緋紅，雙眼泛著晶亮的淚光。當她離去，我拆開包裝紙，看見一面圍繞著粉紅玫瑰的相框，金髮微笑的小王子就住在裡面。我的心震動了，紅撲撲的蘋果臉，的確不像書裡的小王子，這女生所繡的小王子，其實是不知不覺以她自己為形象的啊，因為，小王子一直住在她的心裡面，用她的雙眼看世界，用她的心靈去感覺。這幅繡像暴露了這個小祕密，我願長久保存。

發現感冒的那一天，我到新機場送朋友回台灣，然後，排列在人龍裡等機場巴士回沙田。一個女孩從人龍末端走來，衝著我笑，並且喚：「張老師，妳好。」我確定她沒上過我的課，因此以為她認錯了人。她沒有離去的意思，在我面前清楚說明，她旁聽過我的課，聽說我要離開了，所以來和我打個招呼。黃昏的遼闊新機場，充滿海水的味道，海的味道與淚是不是很近似呢？她有禮貌的與我點頭告別，然後，返回隊伍的末端。看著她的背影，我忽然覺得鼻塞，並且自我診斷，我在盛夏的香港，感冒了。

是的，我不是感傷，我只是感冒。

想念

我想，他們也許不了解我的想念，
卻以行動顯示了另一種安慰。
我掀開蓋子，熟悉的，潛伏在歲月裡的氣味滾滾泛漫，
忽然，我的視線模糊了，淚水湧起來。

❀

在沙田吐露港的大學校園裡，我站在等候校車到火車站的學生行列中，暮色與濃霧暗暗聚攏，有學生走來打招呼：「老師，要不要一起吃飯啊？」我微笑地搖搖頭，吐出一口熱氣，迅即在冷空氣中凍成白煙。我的晚餐在離家不遠的新城市廣場，那裡總有許多許多人，只要走動起來就必須摩肩擦踵，我常常在快餐店裡，用生硬的廣東話，買一個燒臘便當，提著搭車回到自己租賃的屋子裡。每一次用鑰

匙打開門，都可以聞到隔鄰煲湯的氣味，雖然從沒見過鄰居們。

我在冷而潮濕的樹林間等車，看著學生們說著笑著遠去，忽然強烈渴望一碗蚵仔麵線，這意念像點爆一枚炸彈似的，令我顫慄起來。

香港有很多台式食物，台菜啦、清粥小菜啦，還有比麥當勞更茂盛的「珍珠奶茶」店，永遠高朋滿座。可是，就是沒有蚵仔麵線。

小時候如果乖乖睡午覺，就可以得到一塊錢的獎勵，我和弟弟一定會在門口等待準時進入村子的山東伯伯，他騎著腳踏車一路吆喝：「包子、饅頭，豆沙包咧！」他用棉被蓋著的箱子裡，所有的麵食點心都是一塊錢一個。那時候我們已經注意到村外的蚵仔麵線攤子了，也注意到一群圍著攤子吃得唏哩呼嚕的孩子。可是，或許因為攤子在村外，或許因為大家都用相同的碗，總覺得那不是我的食物。但，偶然經過仍忍不住要深深呼吸。有一次因為弟弟錯過了豆沙包，爸爸忽然說：「去村口吃麵吧，很多小孩都在那裡吃麵呢。」我們遲疑了一下，想辨別這許可是不是真的。後來，我陪著弟弟去了攤子，賣麵的中年男人用大勺舀進碗裡，熟練地將多餘的刮回鍋裡。他添了蒜醬油，加一匙黑醋，再撒一把青綠的香菜末，送到我們面前，將弟弟的一塊錢收進桶裡。我坐在長條板凳上，盯著金黃色的麵線，吞咽口水，就從那刻開始，我愛上蚵仔麵線。

印象中的蚵仔麵線都是以攤子的方式出現的，每一攤的材料與滋味都不相同，中學的一位好友，常帶著我遊走四方，品鑑各家麵線的口味。而她自己的品味也夠特殊：「老闆，給我一碗麵線，不要大腸，不要蚵仔。」再忙碌的老闆聽到這樣的要求，也禁不住要抬起頭來看一看，懷疑是不是來了個找碴兒的？「蚵仔很腥啊，大腸一定洗不乾淨。」這是她的論點。既然如此，何必吃蚵仔麵線呢？「我真的很喜歡吃麵線啊。」

冬天的我，特別想吃蚵仔麵線，想念著在翠意盎然的香菜上，澆一些辣椒醬，將麵線的香氣激迸出來。吃不到麵線的異鄉夜晚，我竟有了輾轉難眠的焦慮，這是不是就是所謂的鄉愁呢？後來，我才知道，關於我這樣的一個在香港工作的女作家，原來一直有著一些流言，說是每日下課後，我便將自己盛裝打扮起來，從郊外乘車進城裡去狂歡去了，據說還夜夜如此呢。說真的，我其實一點也不羨慕傳言中的那個風流女作家，我日思夜想的只是，如果可能的話，請給我，一碗蚵仔麵線……

回台灣的課堂上，我和夜間上課的學生提起這一段思慕之情，學生哄堂大笑起來。我有點惆悵寂寞了：「因為沒離開過家，所以，你們不明白這種感覺。」隔了一個禮拜，走上講台，我看見一碗蚵仔麵線，端端正正放在桌上。是一個大剌剌的男生，從西門町最有名的麵線店買來的，騎著機車穿過半座城市，放在我的面前，還熱騰騰地，學生鼓譟著：「趁熱吃啊。」

他們也許不了解我的想念，卻以行動顯示了另一種安慰。我掀開蓋子，熟悉的，潛伏在歲月裡的氣味滾滾泛漫，忽然，我的視線模糊了，淚水湧起來。

葡國蛋撻是怎麼流行起來的？又是怎麼在城市裡絕跡的呢？許多人可能只把它當成流行，所有潮流不都是這樣倏忽而來，倏忽而去的嗎？

對我來說，這卻是一段難忘的歷程。最初是在旅遊雜誌上看見，澳門的撞奶和葡式蛋撻，都是不能錯過的美食。那是我剛到香港任教的夏天，幾個朋友來探望我，我在新搬進去的公寓裡，擺設好新買的傢俬，玻璃圓餐桌上，總插上幾株新鮮的花。我們買了船票去澳門，秋老虎的天氣，下船之後搭車，然後再轉車，烈日當頭猛烤，使人怠懶起來，最好找個有冷氣的地方，就這樣等到太陽下山。可是，好奇催促著我們，必須上路。我們在緩緩前行的車上，晃盪著，收音機裡正在插播新聞，好像是什麼人發生車禍死去了。從車內乘客震驚的表情，我知道必然是個名人，好像還是個女人，可惜，我的廣東話程度太差，不能一探究竟。

狐疑的情緒很快就忘卻了，我們有更重要的任務，尋找圓環邊的蛋撻店，一會兒看見海，一會兒海又不見了，愈走愈僻靜，心裡愈不踏實，所幸，傳說中的圓環和蛋撻店出現了。小小的店面在樹林間，奶油烘焙的香味便是註冊商標，圍繞在店前的洋人說明了它的美味。我們等了十幾分鐘，才買到剛出爐的蛋撻，坐在樹下木椅上，一口一口細細品嚐，我們都安靜下來，這時刻的言語彷彿是一種多餘。不知從哪裡吹來的涼風，還帶著海洋的味道。我覺得了自在幸福，一個三十六歲的女子，我經歷過許多快樂，也免不了惆悵的悲傷，而如今，我選擇了自己的工作與生活方式，選擇在一個異鄉的午後，享用一個美味點心。

那天回家後，朋友將蛋撻放進烤箱溫熱，準備做為宵夜，台灣的朋友打電話來，告訴我們轟動全世界的新聞，黛安娜王妃在巴黎車禍過世了。原來，在我們尋訪蛋撻的旅程中，播報的就是這一則不幸事件。我終究沒有吃烤箱裡的蛋撻，與我同年的那個美麗而又傳奇的女子，就在幾乎可以捉住自己幸福的那一刻，失去了一切。原來，可以選擇是這樣的幸運，有很重要的一部分是命運呢，其實不能自主。

那年冬天，葡式蛋撻店在尖沙咀開了分店，我興奮的寫信告訴朋友們，再想要吃蛋撻不用去澳門了。我仍愛吃蛋撻，連蛋撻舖子前排的長長人龍都喜歡，就因為這麼多人排隊，所以，買到的一定是剛出爐的熱蛋撻。有一回和朋友約在蛋撻店見面，以熱蛋撻作為午餐，我拿起一枚咬了一大口，眼淚立即蹦流出來，朋友相當感動，以為是我對美食的讚嘆。殊不知滾燙的蛋蓉黏在我的上顎，燙出一個大水泡，水泡的面積與我的貪心比例相同。將近一個禮拜的時間，因為水泡的緣故，我不能正常進食。快要離開香港的時候，在我居處附近的沙田，也開了一家蛋撻店，店員一律穿著蛋撻T恤，愈來愈見規模，我經過的時候想著，會不會成為百年老店呢？從二十世紀末到二十一世紀末。

剛回台灣就發現蛋撻店的蹤跡，一家接一家，也是要大排長龍的，或者可以預約，只是要三個月之後才可以取貨。蛋撻店愈開愈多，甚至傳出暴力事件，簡直就是愈演愈烈。我聽著朋友買不到蛋撻的抱怨和悲情，忽然感覺荒謬，不過就是蛋撻嘛。約莫三個月之後，蛋撻店前的人龍不見了，然後，經過蛋撻店便聽見店員嘶啞地喊：「來喲，大減價，好吃的蛋撻！」我和其他的路人一樣，漠然地經過，走開。再過三個月，蛋撻店就像分隔島上的花一樣，被換得乾乾淨淨，一點也不殘留。

後來，去香港旅行，特意重回尖沙咀，蛋撻店前也是門可羅雀，我買了一個蛋撻，是冷的，少了香醇的滋味，我忽然想念起人龍，想念起令我落淚，將我灼傷的熱蛋撻。九九年歲末，收到朋友的來信：

開在尖沙咀ＨＭＶ唱片及麥當勞旁的那間
安德魯蛋撻　跟台北的店一樣
也關掉了呢　好難過

這下 一切又回到原點了

想吃 只好去澳門吧

曾經以為可以百年的美味鋪子，原來只有短短的兩年。我並沒有特別難過，只是忍不住嘆息，許多事，我們以為可以天長地久的，都是這樣的吧。其實，我很願意再度去澳門尋找那個小小的店鋪，我想念樹林裡的微風，我想念當時的自己。

第2樂章

時光

下雨的黃昏，我打著傘經過車站，
想起車窗讓布滿水珠的城市景色，
濛濛地，帶著詩意的溫暖。
忽然，有人從我面前越過，
不緩不急地，登上一輛公車，
我看清那是再熟悉不過的，
三十幾歲的自己的容顏。
我想招呼，已經來不及，公車發動時，
我看見它標示著「時光」。

曖曖秋光

池中蒸騰的熱氣，與霧氣混在一起，
纏繞著在池中或起或落的年輕女體，
似隱若現的曖曖光輝。

❁

十幾年來，每屆春秋兩季，我都和一位好友相聚，為彼此過生日。今年陣陣雷雨之中，我們約了一塊兒吃飯，像大學時代一樣，吱吱喳喳說著笑著，一些瑣碎的感受，心安理得的分享，餐桌燭光掩映之下，像兩個少女。夜了，朋友駕車送我回家，車子駛在寬敞平順的道路。

「真好，妳陪我過四十歲生日。」朋友輕聲說。

我忽然被驚動了，一種措手不及的驚惶，使我失去了回應的能力。我知道她何時過生日，卻從沒算過她的歲數，四十歲，我的朋友竟然已經四十歲了。雖然她比我大一點，卻表示我也不知不覺的往四十奔去了。我們不仍是校園裡愛嬌的女學生嗎？穿著新裁的花裙子走過雨後濕潮的校園，仰首看著楊梅結子，並等待楊梅果變紅變甜。

車子無聲的進入安靜的隧道，我彷彿見到自己在校園角落尋覓，因為失戀而失魂落魄的朋友，我懷抱蜷縮在痛苦中的她，與她一起哭泣。我彷彿見到自己有些膽怯的走向研究所的報考地點，還在猶豫，朋友推我向前，在我耳畔說，不要怕，加油加油加油！趁著老師寫黑板的空檔，她忽然轉頭對坐在後面的我扮鬼臉，因為我把長得像巧克力餅乾的橡皮擦送給她，她沒有上當……許多聲音、許多影像，快速的在我眼前播放。然後，車子滑出了隧道，秋蟲鳴叫，秋風勁健，車聲隆隆，恍然又回到人世。像一場轉世未及的輪迴。非常真實，非常結實的莽莽塵世，她已為人母，笑說兒子忽然長得比她還高，擁抱起來很費勁了。我是愈來愈自在的單身女子，憧憬著有一天創作堆疊起來，也能像自己一樣高。我們都認為命運善待了我們，而我們也愈能體會生命中美好的滋味。

「就像天上的月亮。」雨後初昇的圓月，泛著牛奶色的光華：「秋天裡最美麗的景象。」朋友說。

那夜的月亮太圓，太燦亮。我總覺得恆常美好的東西，是一些幽微的光，閃現在生命沉靜的剎那，甚至難以具體形容的。

就像初秋時我往北海道的旅行。花季已過，楓紅還沒開始。連機場劃位的先生都忍不住問我：「現在去北海道看什麼？有什麼好看的？」

巴士把我們送上一座山，雲層全圍繞在腳下了，林間的休閒酒店幅員遼闊，每一幢就是一個區域，區域與區域之間，要靠穿梭巴士運送。我們在眾多餐廳裡，挑選了海鮮自助餐，一幢高大的木製玻璃屋，矗立在冷杉林中。光潔的玻璃使視線毫無阻隔，我們就像坐在林中用餐，看著夕陽墜落了，林中的探照燈忽然點亮，冷杉倏地伸展枝葉，如此高聳的拔地而起。明明置身在蒼翠的高山上，我們的盤內卻堆疊著豔紅色的帝王蟹，粉褐色的毛蟹，新鮮的鮭魚，是我見過最有層次、最細膩的紅色，幾乎移不開眼。這是極豐盛的一刻了，一種幸福的微光，令我暈然醺醺。

兩天後，我們去了層雲峽，住宿在溫泉旅館。到公眾女湯去泡溫泉，是最重要的活動項目。妳真的去了嗎？聽說的朋友曾經質疑，跟那麼多女人赤裸相對，妳敢去嗎？是的，我去了，雖然也有過掙扎。我曾經一直排斥洗溫泉這樣的事，何況與人共浴。我去了露天風呂，建在幽深林間的溫泉水滑，每個浸泡在池中的女人看起來都很馴良安靜，固守在自己的角落，耐不住熱便爬上岸坐著，三三兩兩細細低語，頸部以上粉白，頸部以下是蝦的顏色，當然，是煮熟的蝦。她們一定也不明白自己的異於平日的溫馴柔順，可能以為是羞怯的緣故，其實是因為，這是靈魂的活動時間，身體當然無法躁動了。我也乖乖的坐在自己的角落，蜷起腿，像個小女孩，周圍女人喃喃話語，我完全聽不懂，卻覺得很安心。池中蒸騰的熱氣，與霧氣混在一起，硫磺的氣味很童年，亮亮的白氣纏繞著古老的樹木；纏繞著在池中或起或落的年輕女體，似隱若現的曖曖光輝。

林間一陣風過，把霧吹散了，吹來一陣細雨，涼涼的雨絲落在肩上、髮上，我閉上眼，深深呼吸。春日已遠，夏日喧譁剛過，雪猶未至，我看見了生命中細微閃耀的秋光。

洗澡的好日子

從來都不會游泳的我，
突然看見胴體上飄搖著如同芒草的微細寒毛，
彷彿靈魂，自幽暗的谷底泅泳而出，
帶著歡慶的火花與光澤。

❁

寒流來臨的夜晚，拜訪朋友之後，我獨自散步回家，走過道南橋口，佇立街邊等待綠燈亮起，一陣強勁的風從河上吹來，帶著潮濕的氣味，令人遍身顫慄。我豎起衣領，轉過頭去，望向那排平房，忽然，彷彿有氤氳的煙氣騰騰而起，我知道只是汽機車排出的廢氣，可是，確實有那麼一刻，我感覺到溫暖，並且聽見小女孩的聲音說：「我們要去洗澡嗎？今天晚上就去嗎？」

我仍能夠辨識出，那是我自己的童音，我仰著臉期待地看著父母親，我們去洗澡吧？天氣冷的時候，便這樣一遍遍地要求著。

那年頭還沒有熱水器；那年頭我們剛搬到一小時只有一班公路局會進來的木柵；那年頭四處都是田隴和螢火蟲。那年頭靠近道南橋的街上有一排店舖，跌打損傷隔壁是豆腐店隔壁是一間澡堂，沒什麼關連性的開在一起，但我喜歡那條街。

每當冬天的風將鼻尖吹得微微發疼，就是洗澡的好日子了，吃過晚餐，母親將家裡料理乾淨，父親也將洗澡的用具準備好，我們一人穿一件厚重的外套，手牽著手往澡堂出發了。晚風的勁頭更強，我有時躲在父親背後，在大人們的安慰中勉力往前走，卻從不退縮，我知道在前方等著我的是什麼。

澡堂裡收錢的櫃台小小的，常年都是潮溼的栗色，被蒸氣與人氣浸潤著。我們一家四口進了一間浴室，磨石子浴缸，白色磁磚牆壁，日光燈懸在天花板上，前一次洗澡的人留下的暖意還沒散盡，空氣裡有著幾欲融化掉的肥皂香氣，還有一種難以言喻的肉體的氣味。隔鄰洗澡的聲音和煙氣，一股股湧進來，而我們也嘩啦啦地放起熱水來了。兩、三歲的弟弟和五、六歲的我，泡進熱騰騰的水裡，張開嘴大口呼吸著，不一會兒兩個人的臉都蒸紅了。浴室裡的光線慘白地，看不清父母親，也看不清自己的身體，更濃郁的肉體的氣味蒸騰在一起。澡堂裡有時會有人敲錯門，大聲喧譁，有時聽見孩子的哭聲，其實並不是一個令人感覺安全愉悅的地方，但，我們總是那麼快樂，全家一起唱著歌洗著澡。

洗過澡一點也不畏懼寒冷了，我甚至覺得身上的衣物都是累贅，我可以脫去它們，在冷風裡飛翔，飛到任何一個我想要去的角落。然而，母親走進豆腐坊裡，向他們買了還沒煮過的豆漿，帶回家去。我站在一旁看著，磨豆工人穿著背心，頭上繫著白毛巾，將剛剛蒸好的豆腐打開來，一板一板的好整齊，熱騰騰的豆腐有著撲鼻的清鮮，有時候母親也買一塊回家，拌香椿葉尖來吃，點兩滴麻油，特別入味。我常爭著把豆漿提回家，走在夜黑的路上，想著提鍋裡的豆漿，明天早晨起床便能喝上一碗，加了白砂糖的，就為了這個，我甘願哪裡也不去。

我的家裡一直保有這種北方人的生活習慣，極少淋浴，多是泡澡。澡堂沒多久就歇業了，家裡不知從哪兒找到個汽油桶似的大鍋，冬天來的時候，就煮上一大鍋熱水，再由父親或母親提到樓上的浴室裡，倒進浴缸中。家裡的浴缸也是磨石子的，摸起來透心涼，要好多熱水才能將缸溫暖起來。我看著父母親吃力的一桶桶、一鍋鍋熱水往樓上搬，心中充滿著恐懼。

家裡的樓梯提供我們許多遊戲的樂趣，卻也讓我們失足滑倒。家裡最嚴重的一次樓梯事件，是替人育嬰的母親，有一次下樓幫郵差開門。郵差摁鈴摁得兇，母親下樓下得急，忽然滑了腳，就這麼跌下來，偏偏懷裡還抱著一個嬰孩，為確保嬰孩的安全，緊緊摟抱住，任由自己的身體與階梯狠狠碰撞。這一跤摔得厲害，從腰到臀部全是瘀黑的內出血，那孩子卻是安然無事。從那以後，我對樓梯充滿戒慎心情，對於父母親抬著滾燙的熱水上樓這件事，充滿驚懼。我開始領悟到生命中美好的事物，總暗藏著一些疑懼的陰影，這陰影甚至威脅到我享樂的本能，使之成為罪愆。

少女時代我們搬了新家，與左鄰右舍一樣，安裝了熱水器。洗澡是一件再平常也不過的事了，我開始學習替別人洗澡，那些渾身奶味的小嬰兒，是我的服務對象。母親在家中育嬰，鼎盛時期有十四、五個嬰幼兒。絕大多數的嬰孩都喜歡洗澡，有些一進了澡盆就不想出來了，我看著他們浸泡在熱水中，手腳揮動著，發出喜悅的呢喃，臉上安逸舒適的表情，心裡挺納悶，洗澡有這麼好嗎？

有一次到市場去買菜，站立在雞攤與豬肉攤之間，看著被宰殺的雞隻淋上熱水除毛，看著切得整齊的豬肉摔在砧板上，忽然，我的嗅覺的記憶甦醒，是的，就是這種氣味，多年前我在澡堂裡遇見的肉體的氣味，在熱水與肥皂之間飄浮著的，竟是一模一樣的氣味，是死去的肉身與毛髮的氣味。生與死啊，遇到熱水之後，釋放出來的怎麼會是如此相似的氣味呢？所以，我們大量使用各種香皂香精芳香劑，原來只是要遮掩住死亡一般的氣息？青春期的我，原就有太多不明瞭的困惑，我不喜歡自己，覺得生命無聊而且空虛，現在又加上這個忽然發現的秘密，我的生活怠懶起來。洗澡固然是每天都要做的事，也就是一些機械化的清理步驟罷了，我草草了事，連看都不想看自己一眼。身體在長大，靈魂卻不知躲在哪裡，逃避著死亡，日復一日。

成年以後，陪同父母親回老家探親，也是第一次去大陸。母親一進廣州就病了，從河南病到河北，整天發著燒，吃了許多藥也不見好。我們在石家庄暫時落了腳，父親在那兒有個外甥，可以幫著照應，我們決定等母親病好了再往下一站走。那位表哥給找了家賓館安頓下來，偌大的園子裡有許多高大喬木，噴水池，各色花卉，房間很敞亮，倒是個可以養病的地方。表哥、表嫂帶著十歲左右的小女兒來探望，女孩纖瘦，紮兩根辮子，眉眼緊俏薄脆，有一種超齡的美麗。她在賓館房間裡東看西看，忽然拉了表哥去浴室，過一會兒，表哥謹慎地笑著問：「不知道我們可不可以來這兒，洗個澡呢？」

在他們自己家裡，小小的廁所中加個水管子，上廁所和沖澡全在一塊兒了，不過一平方公尺。我們房裡的大浴缸，對他們充滿著魅惑。母親養病的那幾天，表哥全家人下了班就來賓館洗澡，女孩每次洗完澡，換上乾淨的衣裙，便笑著偎在我身邊，那樣發自心底的快樂，她的笑不再超齡，只是一個十歲的小女孩了。從早晨到黃昏，園裡的喬木上蟬鳴響徹，每當風過，蟬的吟唱，把夏日喚得透明起來了。母親仍然發燒或者昏睡著，我站在窗前眺望剛剛洗過澡的表哥一家人，手牽著手走回家，像是剛剛參加過一場盛宴。這不是我曾經擁有過的，至為簡單的一種快樂嗎？那些冬夜的寒風裡，全家人洗過澡之後，往回家的路上走。我是什麼時候失去了它的？

「媽！妳要不要洗個澡？我幫妳放熱水？」我伏在床前輕聲問。

母親睜開眼看看我，搖搖頭，似乎又睡去了。剛剛用過的浴室裡，仍殘留著潮濕的溫暖，我關上門，坐在馬桶上發怔。母親不洗澡的那些天，我也不洗，害怕嗅聞到那股氣味，熱水遇見肉體之後，釋放的氣味。

後來，母親的病好了。更後來，我開始戀愛了。最熱烈戀愛著的時候，情人要求一起洗澡，我想也不想就拒絕了。一直到異地旅行中，我生病了，日夜嗆咳著，並且發著燒。情人替我準備了一盆熱水，扶我進浴室，我依然拒絕，推他出門。爬進浴盆中，看見羸弱蒼白的身體，浸泡在熱騰騰的水中，嗅聞著令我驚懼的氣味。忽然，我感到後悔了，多麼希望有人可以相伴，自己一個人是如此孤單。我潦草地裹住浴巾，換上浴袍，打開門，赫然見到，我的情人蜷著身子，緊緊捱著門，坐在浴室門口。被我拒絕之後，仍然趴在最貼近我的地方，不肯離去。就在我開門的剎那間，看見那張端肅憂傷的面容，被焦慮焚燒的眼睛。

「為什麼坐在這裡？」我問。

「我想陪妳。」我的情人環抱住我的時候這麼說。

原來，陪伴是可以消解恐懼的。知道有人正專心的愛戀著自己，我再度喜歡自己，生命添加許多馨美與甘香。那一次病癒之後，我開始在鏡前凝望自己，注視著健康的自己，注視著終將死亡腐壞的自己，那祕密此刻不再為難我了，我不會再逃避了，我要更理所當然的享受生命的給予。

這世界確實有些不同了，原本絕不去溫泉浴場赤身露體的，卻跟著喜歡泡湯的朋友，從台灣泡向全世界。沮喪的時候，憂傷的時候，愛情離開的時候，我就把自己交給一缸熱水，也把眼淚和歎息交出來。洗澡的時間變長了，泡在溫熱的水中，細小的微汗從唇髭沁出來，全身鬆弛著，一種飛浮的狀態。從來都不會游泳的我，突然看見胴體上飄搖著如同芒草的微細寒毛，彷彿靈魂，自幽暗的谷底泅泳而出，帶著歡慶的火花與光澤。

獨自散步回家的晚上，我望向那曾經是澡堂的平房，彷彿可以遇見，那個整天等待著洗澡好日子的小女孩，我會帶她一起回家，並且告訴她這個新發現的小秘密——只要是可以洗澡的日子，都是好日子。

驚夢之後，哭一場

我怔怔地看著一枚躺在掌心的硬幣，
看著它在燈下璀璨的光，有些出神，
這不是尋常的錢幣啊，
這是因著感同身受的悲憫而燦亮著的，
晶瑩剔透的眼淚。

❁

我注意到，在不遠處的聽眾席上，有幾雙殷切熱烈的眼眸在等待。從九點半講座結束到現在，已經快要十一點半了。我想，這樣夜了，路上行人必然稀少了。他們並不像年輕的學生，已經排隊討簽名快要兩小時了，那麼，他們這麼安安靜靜的到底在等什麼呢？

吉隆坡演講廳的空調也關上了，意猶未盡的讀者差不多都散去了，這是我在馬來西亞的第二場演講，他們看起來不像我的忠實讀者。我和最後一位等待簽名的女孩握別，然後，他們，這幾個中年男子向我走來。

「我們是留台的。」其中一個微微俯身問：「請問妳，政大，還好吧？」

我驀然明白，他們來到這裡，是想與震後受創的台灣，靠得更近一些，是想探聽自己第二故鄉是否無恙的消息，那裡有他們的母校、同學、師長和朋友，或許還有一場刻骨銘心的愛戀。只為了探問一聲，他們流連不忍離去，即使夜已深沉。

「政大還好，不用擔心。」

「台大呢？」

「清大呢？」

「中興呢？我唸的是中興！」一個男人迫切地問。

我看著他，小心翼翼地說：

「中興倒是受了些影響，可是，一定會復元的。」

男人的身影慢慢退出圈子外面去了，我看不見他的表情。

忽然想起白天逛書店的時候，女店員靠過來說：

「我在台灣讀書的。聽見地震，我好難過，我的同學在中部，我打了好多天電話都找不到……」

她的眼眶瞬間潮紅，一直紅到鼻尖。我不知所措的站著，輕輕將手搭在她肩上。店長也是留台的，聽說台灣作家到來，立刻迎出來，什麼也不說，先一陣結結實實的握手。因為沒料到是這樣的力道，我差點叫出聲來。店長努力掙扎，想說什麼卻說不出，又握住我的手，還是那麼結實地：「我相信。」他頓了頓：「台灣同胞會站起來的。」如果，握手也能傳遞一些訊息，我想，我很準確的感受到了，他想把他的力量灌入我的體內，再帶回他魂牽夢繫的地方。

那是在大地震發生的第十日，我去新加坡、馬來西亞，赴一場早已允諾的文學講座之約。出發前便和主辦單位說好，要為台灣震災募款，並在現場義賣我與另兩位演講者的作品。兩個月前訂下的講座題目是「發現幸福密碼」，震後從未安睡過的我，看著這題目發呆，天天守在電視前的悽愴情緒，時時擔憂毀滅性地震再度來襲，此刻，談什麼幸福？可是，正因為我們遭到了這樣的禍災，與死神的披風擦身而過，才發現到自己真正覺得重要的事其實很少，我們花費太多氣力，去和並不那麼重要的人事周旋。因為這樣，或許我們能更深一層的思考，所謂的幸福。

據說我們是震後赴大馬的第一批作家，事實上也是當地華人看見的第一批台灣人。台上台下都有些難以控制的激動，我們用創作者的方式敘述了震後的故事與心情，許多讀者都忍不住哭泣了。場外年少的學生記者捧著募捐箱，聲嘶力竭的喊著：「九二一地震，關懷台灣受災的同胞！」聽完演講的人紛紛把錢投入箱內，有許多是學生，他們掏光口袋，五角、一毛都投進去，不一會兒，箱子就被鈔票和錢幣充滿了。那夜，我們和主辦單位開箱清點，許多許多零錢嘩啦啦流出來，必須一枚一枚撿起來點數。其實，從小我就不喜歡接觸硬幣，特別是鏽蝕了的，有一股霉濕的氣味，拈起來的觸感很不舒服。可是，深夜一點多，我仍拿起每一枚硬幣，點數著，想像著這或許可以買一枝冰；可以吃一串沙嗲；可以寄一封信，想像著年少的孩子，眼睛濕濕的，把僅有的錢幣全部投進箱裡去。我怔怔地看著一枚躺在掌心的硬幣，看著它在燈下璀璨的光，有些出神，這不是尋常的錢幣啊，這是因著感同身受的悲憫而燦亮著的，晶瑩剔透的眼淚。

最後一站在馬六甲，錯過了午餐時間，我們走進一家著名的沙爹店，老闆是位華人，可能因為馬六甲的陽光特別炙烈，可能因為長期站在烤爐邊，他的膚色褐亮，與肉串近似，彷彿飄著烤肉香。我們饑腸轆轆吞食面前的沙嗲，一邊問價錢。一串三毛錢，我數著面前十八枝竹子，五塊四，真的是不容易啊，在異鄉勤奮工作的華人。吃完結賬的時候，老闆湊近來說，他知道我們在為台灣募款，他要捐兩百塊錢。說著，便從櫃台後取出平整乾淨的五十元鈔票四張，慎重的交到我手上。

因為生意的關係恐怕不能去聽演講，可是，錢是一定要捐的，請我代收。這是第一次，在演講場外收到的捐款，也是第一次親自交到我手中的捐款，我只得深深地鞠躬說：「謝謝！真的謝謝你。」

說著，一股悲喜交集的情緒湧上來。很久以來，我一直以為台灣是富有的，不需要別人的救助；就像我一直以為台灣是平安的島嶼，不會發生可怕的禍災，那些理所當然現在都破滅了。然而，破滅以後，一路行來才發現，我們是受尊重的，是被關懷的，在磨難中一點也不孤獨。

那夜講座之後簽名，許多讀者要求握手，都是書店店長那樣的力道，他們異口同聲說：「加油！」

兩個女孩看著我：「妳比上次來瘦多了。」我笑笑沒說什麼，女孩溫柔的說：「一切都過去了，妳要好好過生活。」

好些天來，一直想哭卻沒有流下的淚倏忽而來，洶洶將我淹沒。就像從惡夢中醒來，被姐妹疼惜的輕擁，說「別怕，是惡夢，沒事了。」這時候，就在這距離家鄉好遠卻又好近的時候，不管惡夢還會不會再來，我只想暢快的流一次淚。

初夏・荔枝祭

來的不僅是荔枝，也是一場華麗的祭禮，
祭她的青春情愛，祭一個皇朝的衰敗，
也祭馬嵬坡上熱血的甜腥。

我從座位上抬起頭，看見售票口一個外國人正掏錢買票，兩個穿了制服的年輕女孩，笑著搶著將外國人簡單的手提行李拎進手裡，簇擁著進了稀稀落落顧客很少的咖啡廳。上一班進港的船載來的旅客，都已經離去了；下一班出發的船還要等一個多小時，候船室空盪盪的。外面被陽光烤熱的空氣，滾動著要進來，卻被室內乾燥的冷空氣阻絕。哄隆隆的悶響著，不知道是空調還是熱空氣的喘息。這是六月份我首度赴大陸的巡迴簽名，第一站就是深圳。端午節前，我們聽了朋友的建議，避開人潮洶湧的羅湖而走水路，從福永碼頭進入。果然避開了擁擠的旅客，卻也讓前來接船的出版社錯過了。他們從羅湖車站，到蛇口碼頭，一直焦急地繞著，就是繞不到福永碼頭來。

從午後兩點等到三點多，我有一種奇怪的錯覺，也許，他們永遠都找不到我們了，這是一個異次元時空，我們可以接到他們的電話，只是走不到彼此的世界。那麼，我們就要在這兒過日子了，我招招手讓站在門外眺望的同伴進來，我們扭開隨身攜帶的礦泉水，喝著卻不能解內裡的焦渴。

彷彿回到小時候，我喜歡假裝自己是沒有家的，流連在車站一排排的木椅之間，想像著，這就是我的家，我將在椅上蜷身安眠，明早看著男男女女的旅客，行色匆匆地搭乘冒著蒸汽的火車去遠方。遠方有多遠？去遠方做什麼？我都沒想過，只覺得一種在飄流的人群中凝定的美感。

這個候船室，卻好像永遠也不會有旅客來的樣子，幾個女服務員已經對我們失去了興趣，她們旁若無人的恣意調笑，我開始懷疑會不會我其實根本是不存在的？所以，出版社的人總找不到我們？一切都像場靜寂的夢，灰塵輕輕在面前飛揚，不肯墜落。我的細小汗粒密密結在皮膚上，第一次結結實實感受到，夏天已經全面接管了。

飛機與舟車的勞頓，使我有些疲乏，怔忡之間聽見門口的隱隱騷動，一個男人抬了一個竹簍進來，簍子上鋪滿翠綠色的葉片，細枝子從簍子的空隙中扎出來。幾個服務員迎上前，歡喜的笑嚷著，一邊懸起一片看板，幾個人七手八腳拆開竹簍，看板掛好的同時，我看見，也嗅聞到，糯米荔枝甘香的氣味逸散開來。看板上明明白白標示出新鮮糯米荔枝的價錢。「嘩！糯米荔枝。」我讚嘆。同伴大概很久沒有看見我的臉上綻放這樣的光彩了，他提醒我，動身前兩天，我們才吃過南部朋友送來的糯米荔枝。然而，南部的荔枝就只是果核小如糯米罷了，並不是真正的糯米荔枝啊。

我吃過神奇的糯米荔枝，是在好幾年前去香港，父親的朋友請我們吃飯，那一餐吃得美味豐盛，將面前的芒果布丁一掃而空的時候，我認為世界上不會有更幸福的境界了。作東的主人卻又端來一盆玻璃盅，裡面裝滿荔枝，用冰塊冰鎮著。大家都說吃飽了，再吃不下了。「這是糯米荔枝啊，台灣吃不到的。」主人說。我從冰塊的潮溼冷凍中取了一顆荔枝，它的表皮凹凸特別顯著，握在指間甚至有些刺痛。剝出雪白的果肉，送進齒間一咬，汁水淋漓中，我有一種欲窒的錯愕感。知道它是甜的，卻沒想到是這樣沒有雜質的純粹；知道它是柔軟的，卻沒有想到是這樣的滑膩與細緻。微微地，想要落淚的情緒湧起來，到達飽滿的程度，那是在遇到出乎意料的美味時，常有的生理反應。

記得那時也是夏天，餐廳窗外高架橋上，大小車輛呼嘯而過，我問了一句：「這就是楊貴妃吃的荔枝嗎？」沒有人能夠回答。後來每年夏季過港，總要買一些糯米荔枝，卻總是上了當，又或者是真正的糯米荔枝，裝在圓筒形的玻璃罐子裡，買到的時候果皮已經風乾了，果肉變韌了，顏色像是儲存過久的白色絲綢，泛了黃。

然而，此刻在這碼頭上，我看見帶著葉子的糯米荔枝，我聞到新鮮荔枝才會有的鮮甜氣味，我相信這是剛從園裡採下來的，這信念使我成為不可阻擋的女人，直接走到櫃台去，好像很精明的樣子問：「這是真的糯米荔枝嗎？我得嚐嚐。」

「嚐唄。」服務員連眼皮子都不抬，手下迅速的將荔枝一紮一紮綁好，她們的撩動使香氣更尖銳的撲面而來。不一會兒，我就提了一綑荔枝回到同伴身邊，遞了一顆果子到他鼻尖前，輕聲說：「這是真正的糯米荔枝，請用。」我密切注意，看著同伴臉上細微的表情變化，那是我曾經有過的，難以言喻的魅惑與驚奇。

我們一顆接著一顆剝來吃，等待與未知的煩慮，幾乎全忘了。不論喝多少水都無法填充的乾渴，奇蹟似的獲得滋潤，感覺充盈。汁水流在手上，不一會兒就乾了，一點也不黏，指間猶存淡淡的果香。

忽然感謝延遲抵達的出版社，使我在這小小的碼頭有了這場懸念已久的，與糯米荔枝的重逢。

進了深圳才知道，今年廣東的荔枝大豐收，而此地正是主要產區。我們經過荔枝公園，轉進荔枝路，看見路旁堆疊成山的荔枝，與香港將荔枝裝在玻璃罐裡，像標本似的販賣很不同的景況啊，使我聯想到大唐的豐饒。

出版社的朋友送了我們幾箱糯米荔枝，說是難得吃到該多吃點。我們住宿在園林環繞的賓館裡，午後有一段清閒時光，我睡了一會兒醒來，去箱子裡抓了把荔枝散在白色被單上，斜斜靠在黃昏的夕陽裡，一顆顆剝開。鏡裡映照初醒的形貌，鬆散的頭髮，環繞身邊的紅色荔枝，我忽然明白了，明白楊貴妃為何嗜食荔枝。

一個三十幾歲的女子，是受寵的，也正站在青春與衰頹的臨界點上，君王的恩情靠不住，唯有年年初夏的荔枝，熟了甜了，像是一種盟約，無論多麼艱難，她就是要吃荔枝。即使馬嵬坡的梅樹永不逢春，即使霓裳羽衣曲譜燒成灰燼，她瞇起眼，從漁陽鼙鼓聲中辨聽疾馳而來的馬蹄，她皺起鼻子，從漫天烽火嗅聞甘甜的氣味。來的不僅是荔枝，也是一場華麗的祭禮，祭她的青春情愛，祭一個皇朝的衰敗，也祭馬嵬坡上熱血的甜腥。

飛翔的廚房

或許因為每天中午等餐車的緣故，
校工伯伯最先看到的人是我，
便會先告訴我：「嘿！今天有紅燒豆腐咧，愛不愛吃？」

❁

九歲那年，在潺潺流動的溪水邊，我差點趕上一隻美麗的鳳蝶，那種有著修長翼翅，靛藍色光澤的蝴蝶。但，後來，我的注意力被飛翔而來的廚房所吸引，因為饑餓的緣故，我讓蝴蝶從我的裙邊翩翩飛去，牠一直飛去了，飛遠了，我後來再沒有見過這隻蝶。

那時我在唸小學，學校因為改建校舍，教室不敷使用，於是，聽說了部分學生要被遷往他處的傳聞。在朝會上，校長宣佈五年級的學生要暫時搬遷離校，借用山邊新建成的國中一年，等新教室蓋好以後，再回來唸六年級。校長說：「六年級就要畢業了，四年級還太小，就由五年級搬家吧。」我們是不大不小，正適合冒險的年紀。我覺得世界驀然裂了個口子，透進了魅惑欣喜的光。

幾年來，我都固定走十分鐘的路程去學校，母親把我上學放學的時間算得準準的，如今，我的寄讀中學必須要搭公車才能到，也就表示我的行動可以有一些神祕空間了。

老師叫我們每個人交一張照片，替我們辦學生票的時候，我簡直興奮得快要喊叫起來了。從小搭公車我就羨慕那些大人和大孩子的月票，一格一格的，像一排排整齊的牙齒，等著剪票夾「卡」一聲剪下一格。一直覺得使用月票是某一種身分的象徵，而此刻，忽然就擁有了這樣的資格，怎不令我雀躍莫名呢？我們幾個班級的學生，像雀鳥一樣興奮地，吱吱喳喳的被老師帶到寄讀學校裡，忽然都安靜下來了。國中開始發育的男生女生有了大人的神色，不耐地注視著我們，連班上一向凶惡的男生也顯得可憐兮兮。當我們將書包橫過胸前很慎重的背著的時候，那些中學生都側掛書包在肩上，還把背帶拖得好長。原本不大不小的我們忽然覺得自己太小了，很想趕快長大。

這中學是新的，典型的「門前有小河，後面有山坡。」老師帶我們到山裡去課外教學，認識了野菌和各種蕨類，一陣山雨忽來，找片野芋葉子遮蔽住頭，一路銳笑喊叫著尋覓小路下山。

放學後，我們不搭公車，涉水穿過淺淺的溪流，再從橋洞下轉過小路回家，這是跟蹤著國中生走出來的路。我們很愛跟蹤國中生，總覺得他們很神祕，很刺激，很不一樣。我看見過幾個女生與幾個男生像不認識一樣的，先後走進一間冰果室，然後坐在一起說說笑笑，那女生敲一個男生的頭，男生不但不生氣，還笑得很開心的樣子。這令我覺得疑惑，我們班上的男生又凶又調皮，女生對他們避之唯恐不及，哪裡敢敲他們的頭。於是，關於長大這件事又多了一項期盼，可以敲男生的頭。班上的男生宣稱他們見過更特別的，會流鼻血的場面，我一邊聽著一邊笑，這些男生並不知道，到了國中他們會有怎樣的命運，我忽然覺得自己像先知一樣。

我們在國中寄讀的生活大致安好，只有一樁麻煩事，那就是小學是有營養午餐的，而國中沒有。一直以來，我並不喜歡吃營養午餐，一個饅頭、一坨燕麥粥、兩三樣煮得糊糊的菜，營不營養我不知道，只知道真的很難吃。我一向扒兩口粥，吃一口菜，饅頭連碰也不願碰，送進剩菜桶裡了。有些老師很嚴格，一定要監督學生把午餐吃完，當然會把父母賺錢不容易；國家栽培我們多辛苦；大陸同胞捱餓多不幸之類的話，訓示一遍。可是，那些仍沒有足夠的動力催迫我吃午餐，後來，我們搬遷到了國中，我看見廚房飛翔而至的時候，一切都變得不同了。

校長很堅持，學生不在學校上課了，營養午餐還是要供應的。於是，每天學校大廚房準備好午餐，還不到十二點，便搬運上卡車，向國中飛馳而至，務必要在十二點鐘把熱騰騰的飯菜送到。

可能因為乖巧，我被老師分配去守後門，看見餐車像廚房飛翔而至的時候，就去向老師們通報。校工伯伯會把那些菜桶、飯桶搬下車，接著，各班學生代表會把自己班上的午餐領進教室。常常是兩個學生一起提一桶稀飯或菜，老師在一旁喊著：「小心啊！燙呀！」學生們魚貫地提進教室裡，很歡喜的，其他教室裡的國中生也探出頭來看，看他們再也追不回來的童年吧。

或許因為每天中午等餐車的緣故，校工伯伯最先看到的人是我，便會先告訴我：「嘿！今天有紅燒豆腐咧，愛不愛吃？」

我比所有人先知道今天的菜色。校工伯伯有時遠遠就向我招手，整張臉笑得好圓：「嘿！今天有番茄炒蛋咧，妳最愛吃的！」是啊，是啊，營養午餐變成我所盼望的了。

有一回，老師看見廚房像飛一樣的抵達，皺起眉：「怎麼開這麼快呀！很危險的。」校工伯伯笑著看我：「菜一會兒就涼了，孩子們吃熱呼些才好啊。」我開始試著把饅頭和所有的菜都吃光光，發覺營養午餐其實並不難吃。

一年後新教室完工，我們搬遷回小學，名正言順使用新教室。校長說：「六年級的同學快畢業了，所以，應該用新教室。」這才發現，剛離開國中，又要進入國中了。我曾晃到大廚房裡，沒找到校工伯伯，聽說他退休了。如果真的遇到了，也不知道該說些什麼。我長大了，很快就不再有營養午餐吃了。

因為學區分配的緣故，我並沒有去寄讀的國中，自此，竟然就再沒去過那裡。二十幾年後的一個晴朗初秋，陪朋友去看房子，不意竟逛到了那所國中附近，山坡已被開墾建了別墅，當日的遼闊清幽不再，顯得擁擠侷促。為了防洪的需要，溪畔築起高高的堤防，我再不能褰裳涉水，也不能品嘗溪水清甜的滋味了。

忽然，朋友的孩子驚嘆：「蝴蝶！」是我九歲那年的蝴蝶，我認識牠，牠也像認識我似的，在我裙邊盤桓，修長翼翅，靛藍色光澤的蝶，多年後再相逢。我微瞇起眼，靜靜聆聽，遠處隆隆而至的，是不是飛翔的廚房？

雲端的診所

他在診所門口，看著我穿越馬路，直到轉過路口。
我就這樣轉過路口，並不知道從那一刻，
診所就在我生命裡消失了。

❋

我在木柵住了三十幾年，卻常常在這裡迷路，因為心裡一直有一方地圖，是二十年前的模樣：山坡上的老樹垂藤，山坡下連綿的水田，水田邊灌溉的渠道，渠道旁的芭蕉和美人蕉，放學後戴著黃色圓帽子排隊穿過田埂回家的小學生，其中有童年的自己。一畝畝消失的田地，一幢幢接連而起的高樓，使我的記憶迷路了。

有段時間，生活中的樂趣就是，經過一座新社區，拼湊出它的前身，原來是一個黃昏市場；原來是一片眷村；原來是一窪地瓜田……前幾天經過一個路口轉角，看見一座華麗閃亮的樣品屋，忽然拔地而起。嘩！好壯觀呀。我與家人探出頭張望，不約而同的惦記起，曾經也在這裡的，應該就在這附近的一所老診所。兩層樓淺灰色洋房，一年四季的咳嗽藥水味，後花園總是怒放著的異常豔冶的蝴蝶蘭，從軍中退役的老醫師，永遠從容不迫地面對所有病痛、嘔吐、膿血與唾涙。

「愛親診所應該在這裡的呀。」父親說。

二十年前他第一次帶我來這裡醫治感冒，醫生伯伯身形高大，笑容親切和藹，用母親的家鄉口音對我說：「來，張開嘴看看哦。」然後把壓舌板像棒棒糖似的，溫柔送進我口中：「哎呀，發炎啦，不嚴重，吃點藥就好哦。」我在等藥的時候，看見一個本省年輕媽媽，背一個娃娃，牽一個娃娃，懷裡還抱一個涕泗縱橫的病娃娃，她焦急得快要哭出來，一連串的台語喋喋不休，護士在一旁當翻譯，醫生伯伯認真聆聽，一邊站起身輕輕探手撫著病娃娃，彷彿可以撫平母親與孩子的痛楚，連我的喉嚨腫脹也漸漸消滅了。

診所挺偏僻的，但，永遠擠滿大人孩子，哭聲喊聲充塞著，各式各樣的疑難雜症也蜂擁而至。我的成績一向不好，高中聯考將屆，父母親不願放棄，帶著我去診所，向醫生伯伯求助，怎樣才能集中注意力，考出好成績？

醫生伯伯恐怕都明白的吧，明白我的無力回天，也明白可憐天下父母心，他給了一個祕方：考試當天，一早就喝杯濃茶，整天都不進食，覺得餓了就喝鮮奶。這祕方像一則致勝祕訣，我們一直奉行著，直到我考上博士班。

「孟醫生不知到哪裡去了呢？」母親說。

我們家裡有個稍具規模的育嬰中心，持續了將近二十年，嬰兒太多時，護士出身的母親一人不能負荷，便會請人來幫忙。當我十四、五歲時候，母親帶回一位護士幫忙，我驚訝的看著她，這不是愛親診所裡孟醫生伯伯最得力的左右手嗎？我們都喚她阿姨的。

母親告訴我們她要住在家裡了，並且和我同房。當晚她和母親單獨談了很久很久，我原本想等她進房對她友善道晚安，卻終究沒撐下去。診所沒了她的幫忙，一定手忙腳亂吧？她為什麼會到我們家來呢？我有很多疑惑，卻不敢問，只覺得她很神祕，有時忽而消失了，忽而紅著眼睛回來了，又跟母親談很久很久的話。她常會對我說，她不會在我家待很久，因為醫生伯伯會來接她回診所去，又問我會不會去診所看她？我說我如果生病就去掛號，就可以看見她了。她語帶玄機的告訴我，如果回診所就不幫人掛號了，我懷疑的問：「妳也可以幫人看病嗎？」她笑起來說我是傻孩子，以後就會明白的。

那年冬天我得了感冒，鼻塞得厲害，幾個晚上不能安睡，阿姨自告奮勇要帶我去診所求醫。我一直記得，那天阿姨穿著紅色大衣，說是她家鄉的未婚夫送的，抬頭挺胸牽著我踏進診所。平日周到詢問病情的醫生伯伯異常沉默，甚至也不太看我們，阿姨卻亢奮的敘述著我的症狀，連應該吃什麼藥都一一指示，醫生伯伯低著頭在病歷上寫著劃著，好容易抬起頭來，說，「好了。」不知是對我說的，還是對阿姨說的，他看起來很疲憊，好像重感冒沒睡好的人是他。一陣稍嫌長久的靜默中，我轉頭，看見站在樓梯口注視著我們的醫生娘，接觸到她冰冷近乎嚴酷的眼光，我忽然明白了，窘迫的羞慚感覺猛烈襲來。

我記得阿姨在床下擺了個鞋盒子，裡面莊重地安放一雙紅色的高跟鞋，時時拿出來抹拭，有時候慷慨地借給我穿，告訴我新娘子都是要穿著白紗和紅鞋的，那樣才會幸福。白紗配紅鞋？我無法想像那會是怎樣的組合，就像是阿姨提到她的未婚夫時，我總替她難受。沒多久阿姨真的離開我們家了，她沒回診所，而是回家鄉嫁給她的未婚夫。我從沒有正式與母親討論這件事，但，就是懂得了，懂得了先前與當時，發生的那些事。後來，再去診所的時候，總覺得醫生伯伯少了些紅潤的光采，添了些落寞。

「就是這裡。」我脫口而出：「診所變成樣品屋了！」

我仍記得幾年前因為皮膚過敏去求診，午後的診所空盪盪的，很安靜，陽光從窗外悄悄篩進來，嗅到很清鮮的蘭花氣味，使我疑心這不是診所而是個蘭花園。護士小姐在櫃檯後方打瞌睡，醫生伯伯輕聲詢問我的感覺，戴起老花眼鏡再加放大鏡，仔細檢查我的手指，他在我眼前專注低頭，我看見他的滿頭白髮。他給了我藥膏，堅持不肯收錢，直到我離開，我們都沒驚動睡著的護士小姐。他在診所門口，看著我穿越馬路，直到轉過路口。我輕易地轉過路口，並不知道就從那一刻起，診所在我生命裡消失了。

診所消失了，變成樣品屋，樣品屋很快也會消失，變成高樓華廈。我想我會記得這裡曾有一個診所，每一次在我病弱時得以倚賴信靠，知道自己一定會康復起來。我再也不會忘記它的位置，就像懸浮在雲端，守護著童年的我，始終如昨。

赤足走在屋頂上

屋頂上有一座高架起來的水泥水塔，像一幢小閣樓。
我喜歡在太陽下山以後，踏著鋼筋的簡易梯子爬上去，
赤著腳踩在溫熱的水泥地上，等著天黑。
地面是有溫度的，就彷彿屋頂是有生命的。

直到現在，我偶爾還會做著童年的夢，夢見自己赤著腳，走在微微傾斜的屋頂上，那些屋頂都是黑色的，薄而脆的質材，被月光曬得涼涼地，踩上去的時候，有一種岌岌欲碎的感覺。我學著貓的步子，輕悄地走著。每走過一幢房子，就會知解一些簷下的祕密，我有時悲傷，有時喜悅，有時感到不可消解的煩惱。那些屋頂都是差不多的高度，略微有點起伏，我像行走在五線譜上，聆聽和諧的樂音。

還記得生平第一次攀爬上的屋頂，是親戚家新落成的兩層樓房。和父母去做客，穿著新買的裙子，規規矩矩坐在客廳裡嗑瓜子，走廊裡的幾個男孩探頭探腦朝我招手，主人說：「讓孩子們自己去玩吧。」不一會兒，我就和男生到了屋頂，比較大的男生神氣地指著前方說：「看！別人家都在我們家下面！」他的架勢很有君臨天下的威赫神武。其他的孩子根本懶得理他，只問我：「喂！妳敢不敢爬？」屋頂上的樓梯間成為一個險昇坡，坡頂是矗立的天線。

「爬上去幹嘛？」我做出不感興趣的表情。

「爬上去可以看見小鳥啊。」一個男生說。「在上面看飛機看得好清楚哦。」另一個說。我一逕撇開頭，顯出無趣的神情。君臨天下的男生開口了，他看著我的裙子說：「女生才不敢爬呢。」

我轉過頭來，看著他們幾個，下定決心的說：「你們通通爬上去，我就爬！」

嘩！男生興奮地踢掉拖鞋，爭先恐後往上爬。我仔細看他們攀爬的位置與方法，然後，慢慢脫去鞋襪，好整以暇地往上爬。因為男生都在上頭，我完全不必擔心走光的問題。爬上去以後，我神氣地拍拍手，叫已經坐成一排的男生騰出位子給我。四下環顧一番，我說：「根本就沒有什麼特別的嘛！」

過不了多久，特別的景色出現了，就在盆地的周邊，可以清楚看見夕陽沉落時，燃燒的天空與彩霞，沒有隔絕與阻礙，天一點一點暗下去，山坡上的林木漸漸看不清楚了。

少年時我們搬到四樓公寓去，住在最高層，擁有五十幾坪的屋頂。那時頂樓加建還不算違法，父母親不肯加建，擔心屋頂的重量危及整幢大樓的安全結構。所以，父親將頂樓變成屋頂花園，種了各種蘭花、鐵樹、瓜果，最特別的是一株栽在浴盆裡的綠珊瑚。細細的墨綠色植物，只生枝不長葉子，鬱鬱地忽然長成一大叢，佔領整個浴盆，夜裡看起來有種詭譎的恣意放任。

那時候我們這幢公寓，算是周遭最高的建築物，左右附近鄰居都把天線架到我家屋頂，沿著邊緣一大排，各種顏色，長短不齊，猛一看好像是我家種植的一樣。平常鄰居家只要收視不良，就會跑來我家調天線，一邊調一邊對著樓下的家人嚷嚷：「現在怎麼樣？有沒有好一點？」有時候傳遞訊息不夠明顯，我們還要充當傳令兵：「往左一點，對，再左一點，好！好！很清楚……」颱風要來的時候，屋頂的生意更好了，有來檢查天線綁得夠不夠緊的；來把天線放倒下來的；來討論颱風動向的。我在颱風夜裡驚醒，聽見屋頂被吹倒的大花盆，呼囉呼囉地滾動著，好像中古時代的盔甲兵迅疾行進。最意外的是夜裡醒來上廁所，一腳踩進水裡，原來，屋頂存了太多雨水，順著階梯淹進了家裡。我們不明就裡地將屋頂與樓梯間的門一開，嘩啦一聲巨響，屋頂上的水狂暴地洩流而下，樓梯成了瀑布，我們當下串演一齣《汪洋中的一條船》。

　　無風無雨的好天氣，我還是很愛我家的屋頂的。屋頂上有一座高架起來的水泥水塔，像一幢小閣樓。我喜歡在太陽下山以後，踏著鋼筋的簡易梯子爬上去，赤著腳踩在溫熱的水泥地上，等著天黑。地面是有溫度的，就彷彿屋頂是有生命的。那時候我並不快樂，或許是因為青春期，或許是因為對自己並不瞭解，我在同學之間顯得安靜，有時候還有點古怪。然而，一到了屋頂，我便覺得舒展起來，好似回到自己的祕密基地一樣，我唱著歌，看流星劃過天空；把朋友寄來的信拆開來讀，並且想著回信的草稿；拎一罐可樂當做是啤酒，想像著自己正在露營。當我站起來的時候，便可以看見自己唸過的小學，小學生正排著整齊的路隊，準備回家。

三十歲以後，我搬到了這個區域最高的一幢樓。本來是陪朋友去看房子的，這房子有一面向陽的大窗子，當我們站在窗前，忽然看見好幾隻白色鷺鷥，以青山為背景，從窗前飛過，我受到了震動，脫口而出：「一行白鷺上青天。」朋友後來打消買屋的念頭，房屋仲介便盯上了我：「妳看見我們的房子就作詩了，我知道妳一定很喜歡的。」我和她說了許多次，詩真的不是我作的，她堅持第一次聽見是我唸的，就當作是我的詩。為了詩到底能不能算我作的，我們來來去去說了好幾回，最後，她成功的賣出了房子，我們就這樣搬進了新家。

住進最高的一幢樓中，登上屋頂的機會少了，俯看別人家屋頂的機會卻很多。還能看見捷運軌道；看見動物園；看見福德坑垃圾焚化爐的長頸鹿煙囪；看見溪流。周圍的房子多半是兩或三層樓，屋頂多是黑色的石棉瓦，入夜以後溫馴地匍匐著，燈光柔和地從屋頂下流洩出來，居高臨下看起來，像一隻隻憩息的螢蟲之背。有月亮的晚上，清亮的光灑在綿延的屋頂上，抹一層淡淡地薄荷色。

兩、三年後，附近接續地建起高樓，我們的窗景每天都在改變。高樓截斷了捷運的彎道；阻隔了溪水的流動，我還住在這裡，卻失去了橋，失去了市場，失去了青山，可能還失去了許多自己還沒發現的景色。連夜趕工的機械吞噬掉一隻又一隻螢蟲，成為一座又一座鋼骨大廈。一天夜晚，我被一幢燈火通明正在趕造的建築嚇了一跳，它看起來冷硬怪異，像是外太空的戰船一般，並不屬於這個區域。

我在慨嘆中憑弔著，那些已經一去不回和正在消逝中的溫柔的屋頂。同時，忽然醒悟到，最先在這個區域中興建起來的，不就是我所居住的這幢大樓嗎？當這幢大樓動工的時候，螢蟲之背的人們，是否也曾有過注視外星異形的眼光？

也就在那一夜，我做了睽違已久的屋頂之夢，夢見自己不小心踩破了一片瓦，破洞變得無限大，我直直的墜落下去，心中想著，還好樓不高，很快就可以著地了。但，我的墜落卻永無止境，不停不停地，很深很深地，深到連自己的呼叫都聽不見。

詩的樂遊園

那些已經陣亡了，猶徘徊在浴場的飛行員，
很冷靜地，近乎疲倦地坐成一排，
在石欄杆上。

❁

最近總聽人說起溫泉博物館，興建於日據時代的溫泉浴場，已有八十年歷史，一九九五年由一群國小學生聯名向市政府請願，希望可以保存，經過地方的奔走與投入，溫泉博物館終於開放了，參觀博物館，成為冬天裡最令人期待的活動。我雖不認為自己是喜歡一窩蜂的人，卻也在不下雨的連續假日，興起一探究竟的衝動。

我們駕車往台北城的北境駛去，一路上都在堵車，好容易到了陽明山腳下，揀了一條泉源路，往山上走，以為博物館會在路邊，上了一段路才覺得不對，掉頭下山便陷進惡夢般的車龍裡，緩緩地，一吋吋不易察覺地移動，時間都睡著了。到底博物館在哪裡呢？我搖下車窗，向路過的行人詢問，那人手指山下：「下了山，就在北投公園裡。」北投公園。忽然，一陣煤灰氣味的強勁的風，從記憶深處捲起，使我有片刻的怔忡，我聽見火車隆隆啟動，我感覺到像淚水一樣鹹鹹的濕，在溽暑的黏熱中，生平第一次深刻的離別。

那年夏天，父親因為機關的派遣，必須偷渡去香港從事所謂的「海外工作」，九歲的我早聽過許多海外工作的危險性，有的父親被捕了；有的父親受苦刑；有的父親一去不回了……這一次，輪到我的父親。從父母親告訴我這個消息，就緊緊攫住我的心靈，我試著少吃一點；用功一點；乖巧一點，看看命運能不能改變。自小，我們的經濟條件就不是寬裕的，但，我喜歡一家人相依的生活，臨睡前，收音機開著，主持人溫柔的聲音牽著我入夢。或者，冬天的夜晚，全家圍著聽母親唸《水滸》，一直不明白武松為什麼這樣恨潘金蓮？那時還沒有哀矜悲憐之心，聽見黑旋風李逵殺人如斬蘿蔔，渾身血液湧動，甚至覺得燥熱起來。然而，我清楚的知道，這樣的生活要告一段落了。命運沒有因為我的努力而改變心意。父親出發前的一天早上，只有我和他在餐桌上，我吃著家裡慣常的早餐，前一天的剩飯炒成蛋炒飯。父親對我說：「等我走了以後，妳要聽話，照顧弟弟和媽媽。」我的胸中一緊，淚水便衝上來，但，我不肯哭，要像個大孩子讓父親放心。我點點頭，大口大口扒飯吃，淚水混在飯中，難以吞嚥，後來的很多年，我都厭惡蛋炒飯的油腥味。

送父親搭火車離去那天，母親的好友也到了，他們照顧安撫著母親，我的心慌得厲害，看著大人們笑笑地說話，看著他們和父親握別。父親走過來，向我伸出手，像是對待朋友一般的，握住我的手與我道別。喧囂的月台上，火車已在鳴笛，不能再等待，將父親送上吉凶未卜的路途。父親的火車在視線中消失，大人們簇擁著我們說，去逛逛吧。那時可能恰巧有往淡水的火車即將開啟，我們一群大人孩子就上了車，在北投車站下車。去北投公園玩玩吧。不知哪個大人提議著，我被其他的孩子牽著進了公園，綠樹濃蔭遮蔽下，忽然涼了，也靜了。

後來，我再沒有去過，也沒有想過北投公園。一年後，父親蝕骨形銷的回來，但，他究竟回來了。二十年後，我再度踏上很有年代感的石造小拱橋，風中落葉紛紛，空氣裡有芳香的氣味，是屬於草木的；有硫磺的氣味，是屬於溫泉的。我站著，像回到九歲那年，天黑以後的公園，隱隱聽見音樂聲，有人拉長了聲調唱歌，當時還不知道這就是那卡西，卻也感覺到一種蒼涼流浪的情感。

我們終於抵達溫泉博物館時已是黃昏，準備進入參觀的人扶老攜幼，排成長長一列。工作人員好意來勸我們不必再排，因為關閉時間將至，不如改天再來，下次千萬請早。我們只得在外徘徊，這幢兩層式的歐風建築，明顯經過修葺，但，不流於匠氣，看起來更整潔。曾經，這是東南亞最大型的溫泉浴室，據說日據時代，即將赴戰場的日軍飛行員，就被送到這裡來享受人生，享受最後的人生。

我彷彿還能聽見，那些年輕男子的聲嘶力竭，在酒意中，在紅裙裡，那時，安慰他們爆裂神魂的女子，會不會因為立即要將他們交給死神統御，而更溫柔一些？我看見管理員將一片片長木板排上，天黑了，要關門了。當日那些神風特攻隊的少年，是不必理會天黑天亮的，只有此刻的生與明日的死，而已。浸泡在浴池裡，硫磺氣味逐漸佔領他的意識了，然後是美麗的女人，然後是酒。然後，他在夜很深很深的廊上，披著一件浴衫，與從未謀面的袍澤激辯戰爭的必要，那些已經陣亡了，猶徘徊在浴場的飛行員，很冷靜地，近乎疲倦地坐成一排，在石欄杆上。他們的靜默，更顯出他的激越與徒勞。

北投真的入夜了，遊人猶未散去。就在陽明山腳下，一片攤展開的小小平原，有許多人的樂遊經驗，也有我自己的。就是父親赴海外那一年，母親被老師找去學校，問我寫在作業簿裡的詩一樣的句子，是從哪裡抄來的？母親說那都是我自己寫的，在老師驚訝的眼神裡，我變成一個早熟而憂傷的小女孩。二十多年後，方才醒悟，從北投公園樂遊歸去後，就此開啟我一生耽美與感傷的性格。

我已經久候的，你的微笑

你彷彿感應到我的眼光，
轉過頭，你對著我微笑了。
我在一瞬間感到自己明瑩皎潔起來，像一隻螢火蟲似的通體透亮。

❀

世界在愛人面前把他龐大的面具卸下。
它變成渺小得像一支歌，像一個永恆的接吻。

人們總歡喜並讚揚那些在青春中相愛的戀人，看見羅丹雕塑的擁吻中的男女，男人有力的臂膀支撐著女人因愛而軟弱的頭顱，吻得專注執著，讓還沒吻過時常憧憬的；吻得太多以致麻木了的；太久沒吻遺忘親吻感覺的，忽然都興起應該深情一吻的渴望。他們的吻充滿力與美，充滿青春與愛的張力，年輕而強悍。假若，相吻的是一對老年人呢？兩個經歷過生老病死的人，明白了世間並沒有永恆不變的承諾，了解了自己原來有太多的無可奈何，聽見身體如一枚巨大的沙漏，日以繼夜流逝著生命，無可挽回。如果他們仍願相愛，如果他們仍深情相吻……

朋友的母親去世多年，孩子們都勸父親應該再婚，父親的事業做得很好，是個精明的生意人。曾經，朋友告訴我，他認為父親有能力將自己一個人的日子過得很好：「這些年他經歷了好多波濤洶湧的挑戰，愛情大概只是生活裡的調劑吧。」孩子們都這麼想。那位父親卻在六十歲之後墜入愛河了，他的這次戀愛讓家人都很震驚，一位三十歲剛出頭的牙醫師，溫柔的拔去他的齲齒，同時在他心裡種植一顆種子，很快地長成一株籐蔓。

這父親常常哼唱同一首曲調，常常從辦公室溜出去喝下午茶，常常在子夜神采奕奕出門，常常神祕失蹤好幾天，甚至向兒子詢問哪一家花店的紅玫瑰漂亮？

「天啊，我老爸完全變成另一個人了！」我的朋友哀號著。我安慰他：「你老爸沒變，他只是戀愛了。」他不再是叱吒風雲的人物了，當愛情來臨的時候，世界變得如此單純而美好，只是一首清揚曲調，只是一個甜蜜親吻。當愛情來臨的時候，他才能再度體驗愛對自己生命的撞擊，他才能找到令自己重新發光的力量。

當人漸漸年老，如果他們仍願相愛，如果他們仍深情相吻，必定充滿力與美，充滿青春與愛的張力，年輕而強悍。

不要把你的愛置於絕壁之上，因爲那是很高的。

我在街角看見她的時候，並不能確定是不是她，因為她的形貌完全改變了，不僅是年齡的留痕，還有太多衰遲積疲的過往，都從她微微前佝的背影中說明了。她曾經是我們班上最美麗的女孩啊，我們都幫她傳過信，還幫她驅趕過男生，像揮散蒼蠅那樣：「沒用的啦，她不會喜歡你的啦！」她是那樣美麗而驕傲，年少時的我覺得她對男生的頤指氣使都是應該的，因為她值得。並且也偷偷的想著，她到底會喜歡什麼樣的男生呢？

她後來與學長在一起了，但她不准我們說她戀愛了：「我只是給他一個機會喲，我還沒決定呢。」話是這麼說，她卻有了一個女孩在戀愛時才會有的光芒，特別是當學長來接她下課的時候。學長總是每天按時接送，從不缺席，同學問她，難道學長沒有自己的事嗎？她說：「我不就是他最重要的事了嗎？」我們都發現學長變了，以前他對系務和社團的事都很熱心，也是焦點人物，如今他變得漠不關心，總是一副愛莫能助的樣子。偶爾和女生說話被她撞見，竟然臉色死灰，緊張得手足無措。有一次我看見學長遲到，她將手中的書籍筆記朝著學長身上擲去，學長一言不發，彎下身一本一本撿起來。我站在階梯上看著，忽然從心裡感到悲哀。

冬天的深夜，我們一群女生聚在一個同學家編社團刊物，肚子餓了卻找不到東西吃，我把背袋裡的餅乾掏出來，她卻叫我們等一會兒，撥了電話給已經睡著的學長，叫學長幫我們送永和的豆漿和燒餅油條來。我們都嚇了一跳：「有沒有搞錯？從他家到永和再到這裡，騎車要一個多小時啊，這麼冷的天！」她淡淡地笑著，篤定地：「他會證明他對我的心意的。」「小姐，妳在演電影啊？」很少發表意見的學姐忍不住說。那夜學長的確把宵夜送到了，只是他擱下東西就走了，看也沒看她一眼。

我走到面前，緊盯著她看，試圖將她看得更清楚。「幹嘛？認不出我啦？」她瞪我一眼，我才能確定。那天，她把離婚的經過與自己的心路歷程都告訴我，她說她的前夫嫌她身體不好，又有了外遇，她都忍下來了，誰知道外頭的女人生了兒子，非逼著離婚。我們安靜了片刻，我想不出什麼安慰的話，她幽幽地笑起來，提到學長：「想來還是他對我最好，那時候不知道自己是怎麼想的。」

那夜寒流猛烈，我看見她將圍巾脫下來想為學長圍上，學長一甩頭躲開了，他加足油門自黑夜遁去，也從她生命裡脫走。

愛或許是不該試煉的，因為愛禁不起試煉。愛的本身已經充滿太多弔詭離奇，難以捉摸的變化，我們使出全身解數去捍衛它，都有可能漏失；我們傾全部身心去保持它，都有可能變質。那麼，我們又怎能將愛的路途圍上欄柵，將愛的宮殿築在絕壁？

你微笑著而不對我說什麼，我覺得這就是我已經久候的。

那時候我們悄悄愛戀著，你總在信裡邀約，叫我到你的城裡去，你說那兒有很殖民風味的海洋和很希臘的森林。但我不能去，因為母親不准我單獨去異地旅行；但我終究還是與一群朋友一起去了，因為我那樣迫切的想要見你。你在機場接我們，像個專業導遊的樣子，幫我們將行李全部送上車，當你從我手上拎過行李的時候，看住我的眼睛，你什麼也沒說，眼中灼灼燦燦地對我微笑。等待啊、思念啊、冒險啊，所有的一切，將要展開猶未開展的，都在這個微笑裡了。

後來，你到了我的城裡來探望我，朋友們爭著請你吃飯，飯後還去唱ＫＴＶ。那一整天都是人，忽忽地往這裡去，一會兒又忽忽地往那裡去，我們總被人群隔開，沒法好好說一句話。夜愈來愈深，我的心裡愈來愈急，天亮之後你就要離開了。我看著你的側臉，想記住這樣的輪廓，你彷彿感應到我的眼光，轉過頭，你對著我微笑了。我在一瞬間感到自己明瑩皎潔起來，像一隻螢火蟲似的通體透亮。會不會被發現呢？我的因你微笑而起的神奇變化。

再後來，我們在一起了。當我病的時候，你把我的手握在掌心，看著我，擔憂地微笑。當我的計劃獲得通過，欣喜若狂，你豎起大拇指，對我微笑。當我被排擠而感到痛苦，你迎上來，拭去我掛在頰上的淚水，微笑著擁抱我。我在你的微笑中睡去，也在你的微笑中醒來。

我在你的微笑中離開，卻開始有些怨尤，怎麼你竟不挽留我，反而微笑？於是，我刻意延遲回來的時間，我想你可能並不真的在意我，我甚至任性的告訴你，我並不打算回來了。

你不再微笑，也不再等待，我失去了愛。

我開始清楚的回想，我們是多麼不容易，我們都放棄了許多珍貴的東西，離開了最愛的城市，才能在一起。我們是如此信賴的把自己交託在對方手上，我們曾經成全過彼此最奢侈的夢想，我們曾經那樣真摯的許諾未來。最後，我終於失去了你的微笑。

此刻，我開始另一次的等待，等著與你不期而遇，我相信我們還會重逢，不管要等多少年。那時候，我只等你的微笑，你什麼都不必說，只要一個微笑，我便明白，你已經原諒我，於是我被釋放。又或者，在想像著你的微笑的時刻，我已自由。

本文分段前言皆摘自泰戈爾詩集《漂鳥集》

掀起簾幕的秘密

我一直在尋找的，掀開一幕簾的機關，
不只是戲台上的，也是人生裡的。

小時候擠在酬神戲台前，看著那些臉面上塗滿顏彩的男男女女，哭著笑著怒罵著，將觀眾的情緒鼓動起來，然後，他們一閃身進了後台，我看見他們掀起一幕簾子，隱身進去，就在那二分之一秒的瞬間，我見到與前台完全不同的景致，便是那演員的臉上也忽而有了另一種完全不一樣的表情，在現實與虛構的世界，穿梭而過的神情。那神情蠱惑了我，從那時我便希望能成為一個演員——可不是明星，確實是演員——有一天，我能掀起那一幕簾子。

唸大學時我努力克服了害羞和自閉，報名參加國劇社。我一直暗中期盼著，如果不能飾青衣或花旦，就算是小丫鬟也可以，只要能將珠翠頭飾扮起來，揚個水袖，走幾個小碎步也好。但，我知道社裡開始練習，卻始終沒通知我去，是不是連上台的機會也沒有呢？和我一起報名等待通知的同學，打探消息說我們都是跑龍套的，「大概是扮演宮女之類的吧。」她說。宮女嗎？也好也好，起碼也能打扮得漂漂亮亮的上台了。整排那天，我和同學都被指導老師從「宮女」一列中剔除，發配到「太監」和「小卒」那一邊。因為太高了，「不適合當女生」，老師是這麼說的。我的古典戲劇之夢，就在繞著舞台跑幾圈後，悄然甦醒。

大三那年遇見一位學妹，她矢志要將已經名存實亡的「話劇社」振興起來，於是招兵買馬，我在人情與好奇心雙重驅使下，轉投話劇社，展開了舞台劇生涯。第一次登台演出「鴛鴦配」，因為是西方戲劇改編，口白常顯得生硬不自然，所幸我只有幾句話。劇情是我愛上一個窮畫家，決意與他私奔，卻受到嫌貧愛富的叔父阻撓，因此覺得痛苦。由於飾演的是富家女，導演要求要穿上飄逸美麗的衣服，我的母親日夜趕工，為我裁製了雲彩一般的戲服。終於，這一次，我可以漂漂亮亮的上台了。

我們參加了大專戲劇比賽在校外演出，演出那天，我們在後台忙著化妝拍照，工作人員興奮的衝進來說「評審，評審已經來囉！」大家都覺得奇怪，誰也不認識評審的，他怎麼知道？那人說他看見一個穿中山裝戴眼鏡，很像教育官員的男人走了進來，一定是的。我隱隱覺得了什麼，請他帶我去看一看，觀眾席上沒幾個人，我走過去對那人喚著：「爸爸！你來了。」

我的爸爸說：「我一下班就來了，好像來早啦。」

身邊的工作人員更興奮：「哇！妳老爸是評審啊！」我的爸爸，一向很像公務人員，但，他可不是評審委員。

舞台上燈光耀眼，輪到我上台了，我的叔父正為他永不滿足的金錢欲望而苦惱，我卻要拿最不重要的兒女私情來煩他。

「叔叔。我知道，如果不嫁給彼得，我一定會死的。」我說。

「妳怎麼會死呢？」叔父斜倚在椅上，不耐煩的瞄我一眼。

「我會心碎而死。」我說。

一句如此悲傷的台詞，台下卻在此時轟然爆笑起來。他們大概覺得這樣的對白是愚昧的吧，或者他們根本不相信失去愛情會死。後來，我有了一點小小的名氣，中午吃自助餐時會有男生指指點點的說「那個心碎而死的女生」。

參加話劇社有一個頗為珍貴的收穫，就是遇見了當時的指導老師陳玲玲老師，她每個星期義務到社團來，為我們介紹北管、南戲、子弟戲、布袋戲和傀儡戲，也做肢體訓練，讀西方與現代劇本。我讀著那些劇本，也讀著玲玲老師，看見她背著個沉重的大包包，裡面裝著幻燈機、幻燈片，準時的來，適時也不忙著走。我看見一個纖巧瘦小的女人，竟有這樣旺盛的生命力。有時，黃昏之際，我站在教室外的長廊上，看見她迅疾走來，忽然被震動了，我相信她的背包裡有魔法，我一直在尋找的，掀開一幕簾的機關，不只是戲台上的，也是人生裡的。

大三暑假我們社團應陳玲玲老師之邀，幫忙她參加第三屆實驗劇場，老師組了「方圓劇場」，推出由老師自編自導的實驗劇《八仙做場》。所有的演員都是很有經驗的，我們則負責幕後工作，終於明瞭幕後工作的辛勞與瑣碎。那麼多環結緊緊相扣，成全了一場成功的演出，掌聲與喝采卻是台上的演員的。有了親身體會，我學會尊重與感激，每一場演出幕後的工作者。那個暑假有很多機會跟隨在陳玲玲老師身邊，我發現她的行為舉動並不是那麼典雅女性化，比方導戲的時候，她不站也不坐，而是穿著長褲兩腿分開蹲在地上，這與我的一向良好的家庭閨閣教養有很大的衝突，我驚訝的看著，直到有一天，她拉著我在她身邊蹲下。我蹲下來了，和她一模一樣，接著發現除了蹲下，還可以有更多方式令自己放鬆，我學會掌握自己的肢體，用一種「人」的姿態而非「女人」的姿態，我感覺到自由。

離演出還剩一個月，飾演何仙姑的女演員忽然得到一個電視演出的機會，決定退出。這變化令人猝不及防，一陣慌亂中，老師明燦的眼眸看住總是安靜躲在角落的我，指定由我接演何仙姑。我真的嚇壞了，反覆陳情說自己只適合當場記，將來演出可以當撿場，但，我不能上台，又要演又要唱還要分飾好幾個不同的角色，搞砸了怎麼辦？玲玲老師很酷的說：「沒辦法，這些女生只有妳最像吃素的。」上一次，因為高，只能扮小卒；這一次，因為瘦，成了女主角。人生的際遇多麼奇妙。

扮演何仙姑確實激發了我的潛能，使我的生命裡有了一些新的東西，最明顯的就是「衝動」。否則，怎麼會有空前絕後的舞台劇《紅樓夢》的演出呢？

考上中文研究所碩士班，班上十位同學感情很好，一起吃飯旅行看電影，還想找點不一樣的東西來玩玩。擔任康樂股長的我，在同學們暗無天日的經典古籍圈點生活中，突發奇想：「我們來演一齣舞台劇吧？」從來沒發生過的事，大家隨意應著，好吧，好啊。我認真起來：「我們演紅樓夢吧！」大家的精神都來了，「紅樓夢」啊，哪個中文人不受誘惑呢？當時，憑藉的全是一股衝動，沒錢沒人，連劇本都沒有，怎麼演呢？我連著幾個夜晚趕寫劇本，《寶玉的夢魘》脫稿時，也沉沉的病了。

然而一切才剛開始，我們四處籌措經費，尋找導演及演員。幾番折騰，我因為配合度最高所以飾演林黛玉，也擔任幕後策劃，直到演出那天訂便當的時候，才知道前台幕後總共有將近一百人參與。民國七十三年五月在藝術館演出三天，場場爆滿，報紙廣播都有專題報導，連電視台也出動攝影機來拍攝新聞，卻因為現場人潮洶湧，花費許多時間才取得畫面。

那年我二十三歲，參與了台前幕後的所有流程，經歷許多不可思議的歡喜憂傷，憑藉的當然不只是一股衝動而已，我認識到自己的意志力。當觀眾散去，舞台燈光暗下來，我掀開垂掛的簾子，站在明暗交界處，忽然明白了那個祕密。一直以為會有人來告訴我的那個祕密，原來要靠自己去發掘——每一次掀幕下台，為的是下一次的演出，不管自己是主角配角還是幕後人員，人生如戲，戲，總要永不止息的演下去。

時光

少女總是比較容易感傷的，
我那時是少女。
以一種戀慕的心情，
看著狂噴黑煙的沉舊公車，
歪歪斜斜的遠去了。

❀

坐公車的嗜好，是從小就培養出來的。童年時和玩伴們遊戲，我們把家裡所有的椅子、凳子排成一列，我就攀在前方的位子上，充當車掌小姐。通常還會配戴一隻哨子，一路嗶嗶嗶嗶吹著，指揮司機左轉右轉，招呼乘客上車下車，嗶嗶、嗶嗶，就這麼魔音穿腦的吹著，直到大人終於崩潰地衝過來，叫我們通通下車為止。那時候，我覺得車掌小姐是最偉大的人，她叫司機開車，司機就不敢停。所以，「我的志願」之類的作文上，最受青睞的行業，除了老師以外，就數車掌小姐了。並且，車掌還排在老師之前，「如果不能當車掌的話，我希望將來可以當老師……」因為，老師也有一隻哨子，指揮我們排好路隊回家去。

從小唸書的學校就在住家附近，父母隨便散散步就會逛過來，因此，既不能做一點壞事，也沒有通車的經驗。每次搭公車，一定是出去玩，不是去公園、動物園，就是和父母拜訪朋友，等公車令我期待，隱隱然有種歡慶的感覺。我一向都是跟在父母身後上車，他們找到位子，一定會讓我和弟弟坐下。有一次，我忽然被車掌小姐揪住，大喊著：「這是誰的小孩？要買票啊！」

一瞬間，彷彿全車人的眼光都集中到我身上了，一直都不需要買票的我，像個偷兒似的被逮個正著，「成長」的痕跡在我身上，無可隱遁。我聽見父親與車掌小姐交涉，說是我其實還小，只是個子長得高。車掌小姐鐵面無私的將我按在免票線上，果然超過了。我窘迫地，充滿歉意的看著父親，他沒再說什麼，掏錢出來買了半票。

在那樣的年代與家庭環境中，能免一張票的儉約，還是必要的，所以，我仍矇混了一陣子。父母親檢討後認為，因為我和母親走在一起，才顯出我的身高，倘若和瘦高的父親走在一起，看起來一定矮小多了。自此，搭公車時我一定牽著父親的手，有一種闖關的刺激與緊張。直到，父親也不能包庇我，我開始買半票，然後，買全票。然後，上公車的時候，我攙扶著父親。在擁擠的車廂裡，焦慮的尋找，希望能有一個座位，讓父親坐下來。即使到現在，仍不能忘記小時候牽住父親手的感覺，特別是在冬天，父親的手掌厚軟溫熱，比笑容還溫柔。

五專在離家六站遠的地方，我終於展開通車生涯了，可是，並沒有預期中的快樂。身心俱在變化中，我充滿憂鬱不安，極端倚賴人群，離不開朋友。我很喜歡放學後等車的那段孤獨時光，我和同學們永遠是反方向的，他們在校門口等車，我在對面的溪畔。溪邊有一棵高大的鳳凰木，斜斜地傾向水面，我有時看著夕陽下的鳳凰樹；有時看著溪上沙洲的蘆草；有時看著從校門口走出來的同學，每個景致都是我喜歡的。我們隔著馬路呼喚告別，有時候他們先上車，有時候我先上車，駛向不同的地方。

那時候並不明白，這也像是一則人生的預言。還好，我真摯熱情的和他們道別過了。

也是在那段時間，我領會到有志者事竟成的意涵。當時正開始推行一人服務公車，剪票、駕駛全由司機先生一人完成。司機必須先停下來，讓乘客上車，再一個一個的剪票，行車時間緩慢下來，遇到反應並不敏捷的司機，簡直是手忙腳亂，天昏地暗。有一次，我赫然看見一個與我差不多年紀的高中女生，站在車門邊幫司機剪票，那閃亮的剪票夾吸引了我全部的注意力。原來，可以這樣啊。從那以後，即使在夢裡都反覆練習著：「司機伯伯，我可以幫你剪票嗎？」當時，搭公車連拉鈴都沒勇氣的我，每次上車看見已經有人在剪票了，便覺得沮喪；假若沒有，簡直就是我的天人交戰時刻，每每覺得身心俱疲，還是開不了口。

終於到了那一天，我看見年紀比較大的司機伯伯，耐著性子而又吃力的剪下一格一格的票，我走過去，直著嗓子問他：「伯伯我，可以幫你剪票，嗎？」同時，看見他臂膀上的刺青，「殺朱拔毛」。

他看了我一眼，將票剪交給我。我，握住票剪了。我，走向車掌小姐的位置了。我的童年偉大的願望實現了，除了少一隻哨子。

那天的工作繁重，正當上下班時間，人潮擁擠，我聽見自己賣力的嘶喊著：「請大家往後面走！後面的動一動！」票剪比想像中的重，我的手指已經感覺痠痛，卻不能停，也不願意停。應該下車的那一站早就過了，我一點也不在乎，我喜歡服務人群；我喜歡聽見票剪喀喀喀咬斷車票的聲音。終點站到了，依依不捨交出票剪，司機伯伯稱讚我：「很好啊，比車掌還像車掌。」當然了，我從小就練習了嘛。

司機伯伯知道我坐過了站，要載我回程，我婉謝了，匆匆逃下車去。這一回不能再替他剪票，如果看見別人在那兒剪票，我恐怕會覺得惆悵。少女總是比較容易感傷的，我那時是少女。以一種戀慕的心情，看著狂噴黑煙的沉舊公車，歪歪斜斜的遠去了。

後來唸大學時，家與學校的距離差不多兩小時，可真是把嚮往已久的通車通到連本帶利一次償還了。那時節車上已經取消了剪票夾，司機變得年輕多了，再也看不見「殺朱拔毛」的司機伯伯，他們以一種幽隱神祕的方式失蹤了。

我乘坐著公車，每天要穿越許多街道，看過許多陌生的容顏，在一條叫做天水街的街道上轉車。等車時便打電話回家，請母親煮一壺水，等我歸來，可以沖一杯咖啡，加上很多奶精。其實，我一向不太能喝咖啡，卻渴念那樣的香氣。當公車隆隆，轉進天水街，我忽然想起「天水湯湯」這樣的句子，沒頭沒尾的，只覺得公車帶著咖啡的香氣，滾動起整條街。畢業後重回天水街，才發現那兒有一家

「UCC」咖啡廳，長年飄著濃郁的氣味。

每天都要花費四小時的時間搭公車，我在車上睡過，那麼安詳恬靜，以為是在自己的眠床；我在車上病過，瀕死的痛苦輾轉，以為永遠到不了家；我在車上哭過，在車上發過呆，覺得自己的快樂和痛苦，都變得深沉而精緻些，我想，我確實是長大了。就這樣變成一個成年人。

忙碌工作之後，許久沒搭公車了。捷運通車的時代來臨，不知為什麼，我突然思念起等候公車的日子。下雨的黃昏，我打著傘經過車站，想起車窗上布滿水珠的城市景色，濛濛地，帶著詩意的溫暖。忽然，有人從我面前越過，不緩不急地，登上一輛公車，我看清那是再熟悉不過的，三十幾歲的自己的容顏。我想招呼，已經來不及，公車發動時，我看見它標示著「時光」。

第3樂章

告別

我們來到相同的捷運站，

我的戀人忽然說：「啊！我們是反方向呢。」

怎麼他到現在才發現嗎？

「我們一直是反方向的，」我終於誠實的說了。

面對著他的詫異，

我繼續說：「而且，從此也不會是相同的了。」

告別世紀備忘錄

冰箱裡明亮的燈光，
將色彩繽紛的飲料食品映照得相當美麗，
像一座深夜裡兀自芬芳的花園。

當千禧年即將結束，不管人們依然留戀或是迫不及待，二十世紀真的進入歷史了，新的世紀已經到來。我站在車馬喧譁的台北街頭，感受著冷風細雨，忽然，彷彿可以聽見世紀之鐘的齒輪轉動聲，時間於我，有了極其深刻的意涵。

我以一種感恩的心情去看待在這個世紀裡，我的將近四十年的生命經驗中，居處的城市所擁有的東西。

終於，台北趕在世紀末開通了令人懸念已久的捷運，曾經我看著那總不能通車的鐵軌想像著，這會不會變成台北城的特色呢？只有軌道卻沒有電車的奇特景觀？捷運的通車果然改變我們的生活，人們若想相見，可以更快速的抵達目的地；若想叛逃，也更可以加速遠離。

我們擁有手機，一旦擁有便欲罷不能，新的款式與功能日夜催逼，我們好像在自己身上安裝了晶片，讓別人隨時可以蒐尋捕獲。許多談話被鈴聲截斷；許多情意因鈴聲而分神，雖然手機鈴聲千變萬化，我卻覺得那是最僵硬的聲音。複製再複製的樂音發自手機，當我們哀嘆犬貓被植入晶片何等不人道的同時，忘記哀悼自己的自由。而沒有使用手機的像我這樣的人，常常在找不到公用電話的時候，真有一點流浪犬的悽惶感覺呢。

於是，回家去看電視吧，手握一只遙控器，便掌控住七、八十個頻道，隱隱然有一種君臨天下的氣勢。不斷轉換頻道的同時，我們也在焦躁中失去專注凝望的能力。反正不看電視還有電腦，電腦不再只是一種工具，連上網路的瞬間，也操縱了我們的感情與悲喜，網路戀情是本世紀的新產品，使愛情多了撲朔迷離的氣味，也添加更多冒險性與迷魅。隱藏在一面面螢幕之後的，男女老少，其實渴望被看見，卻只看見一部分經過喬裝之後的自己。

7-11二十四小時便利商店改變了城市的夜晚風貌，日出而作，日入而息的生活規律完全打破，宣告人類活動佔領全部的光明與黑暗。

我有時在寫稿的深夜裡，也會下樓去到7-11，在嘹亮充滿元氣的「歡迎光臨」的招呼聲中，打開冰箱怔怔地看著琳瑯滿目的飲品發怔。冰箱裡明亮的燈光，將色彩繽紛的飲料食品映照得相當美麗，像一座深夜裡兀自芬芳的花園。我其實需要一杯熱咖啡，卻又不能喝這裡的咖啡，幸好美國連鎖咖啡星巴克進駐城裡，並且以麥當勞的速度蔓延，他們有無論何時都很親切的服務生，以及香濃的低咖啡因熱拿鐵，也是從這時候開始，我發現自己原來是個感官之女。

我的感官在熱氣氤氳的溫泉池裡獲得極大滿足，台灣的溫泉文化也在這幾年間，迅速蓬勃起來。溫泉浴場、溫泉飯店、溫泉旅館……雖然走的仍是和風，但日本人自有其細膩貼心；台灣人則有粗獷豪氣，也能見出不同風格。不同風格的蒐集也成了台灣人的樂趣，我們蒐集了不生熊寶寶的無尾熊之後，又蒐集了孵不出寶貝蛋的國王企鵝。

當二十一世紀來臨，我們應該會想要蒐集懶得翻身的大熊貓吧，雖然近來美國以如此高價租賃了大陸的熊貓，卻絲毫不會阻礙我們的蒐集行動的。

我們並且也期待著傳說中的高鐵或許可以成真，那時候台灣變得更小，也更容易相見別離。

還有一座傳說中的巨蛋球場，多年前曾在場外撿到一顆全壘打球的小男孩，當台北棒球場關閉時，帶著自己的兒子去憑弔，他們的眼中望見的是一座早應該給他們的巨蛋，在那裡，我們的體育將再度具有力量。

然而，要等到什麼時候，我們的文藝復興才會到來呢？好幾年來，憂心忡忡的文化現象觀察家不斷提醒我們，「文學已死」，我們失去的應該不是好作家與好作品，我們失去的是優質讀者。藝術活動是無用的，與綜藝與政治相較之下，藝術是無用的。所以在總統邀請的新春文薈活動中，我們看不見一個藝術家的鏡頭，所有焦點都集中在總統與演員的模仿秀上。針對台灣大專生做的調查數據顯示，他們所認識的風雲人物只有演藝人員與政治人物，沒有詩人、小說家、音樂家、畫家或者建築師。

我想，人們總有厭惡政治鬥爭的一天，人們一定會需要真正的藝術家，那種可以印在鈔票上，可以做為一個時代精神的藝術家。我們期待的是這樣的鑑賞者，我們期待的是這樣的環境。

告別舊世紀，告別睡夢中擔心憤怒暴漲的河川；迎接新世紀，迎接散步時不再有飢餓流浪狗包圍的早晨。

永保安康・懺情錄

或許還應該向國外推銷這段火車之旅，
用舊式火車緩緩載著國內外旅客，
從永康到保安，每天對開兩次，
穿窄裙戴帽子的觀光號小姐，
用好久以前的玻璃蓋杯，表演高空沖茶的技術。

❁

神啊！在新的世紀開始時，請您俯聽，我的懺悔。

首先，我為我是一名小說作家而懺悔。過去看過一些筆記雜錄，記載著許多小說家的坎坷遭遇，像是金聖歎因為改寫與評點了《水滸傳》，所以被斬首身亡；張竹坡因為評點了《金瓶梅》，所以吐血暴斃，卒年只得二十九歲；曹雪芹寫成悲金悼玉的《紅樓夢》，一生潦倒窮困，抑鬱以終。古人的結論是，這些小說家都遭到了天譴，因為小說根本就是「壞人心術」的東西。我一方面覺得文人大抵都是時運不濟的，並不需要如此附會；一方面覺得小說充其量不過是人們在無聊的芭蕉雨夜的消遣品罷了，與心術的好壞實在牽扯不上關係。然而，漸漸地，我感覺到一種難以預料的力量，在冥冥之中支配著小說家，也支配著人心。

所以，我懺悔那一年寫下的一張火車票，一句天使咒語，一段「永保安康」的旅程的故事。

儘管，在我的故事發生之前，已經有人癡癡前去搭乘火車，為的就是買一張車票，送給珍惜的朋友。但，那時到底是零星的，隨興的小小衝動，與現下的集體行動，綿延兩公里遠的搶購人潮，是相當不同的意義。朋友口中敘述的保安站，保留了古早味，令人嚮往。我同送車票的朋友相約，等到人潮退去，我們結伴搭火車去吧。我們的約定一直沒有實現，因為人潮有增無減。

車站刻製了「祝君闔府，永保安康」的字樣，替旅客蓋章，雖然俗氣了些，但，仍是質樸可愛的。接著，車站附近出現一些小小的加工業，替車票裱褙的啦、穿起中國結的啦……一張小小的淺藍色車票，突然豪華精裝起來了。

許多相熟或不熟的朋友，看見我都會提起這件事，他們含笑沒說出來的或許是：「看看妳幹的好事！」我曾經以為這會是一件好事，甚至以夢想家的性格，為永康與保安站構想一個新世紀的新格局。

我兀自幻想著，就像日本北海道總有一些「限定版」的東西一樣，白色戀人餅乾，還有許多乳製品，都是北海道限定的，除非到這裡來，否則就買不到。因為限定，所以珍貴，所以稀奇。那麼，永康與保安除了車票之外，也可以開發一些限定品，吸引更多觀光客。或許還應該向國外推銷這段火車之旅，用舊式火車緩緩載著國內外旅客，從永康到保安，每天對開兩次，穿窄裙戴帽子的觀光號小姐，用好久以前的玻璃蓋杯，表演高空沖茶的技術。

我想像著許多日本的阿公阿媽，成群結隊到台灣來尋找失落的日本精神，他們坐著晃悠悠的火車進站，看見月台上的老站長。老站長穿著灰色制服，高大挺直，微微突出的戽斗，他用著流利日語為日本人講解車站的建築歷史，也講解著台灣的主張。是的，這些都是我的幻想，幻想著台灣開始發展鐵路觀光，綿長不絕地。

當我看見我的學生們從台北街頭地攤上買來的「永保安康」車票時，神啊！我要向您懺悔。學生將他們買來的一張要價九十元的車票給我看，抱怨地說：「原價才十五塊耶！真是暴利。」那你為什麼要買？「方便啊，不必坐火車就可以有車票啦！」

做女性內衣生意的朋友，看見元旦期間永康站排隊買票的盛況，嘖嘖稱奇：「哇！場面怎麼會搞成這樣？我想我也應該開發出一種『永保安康胸罩』，舊曆年來搶攻市場。喂！妳會不會想買？」

也有好心的朋友安慰我的遺憾：「如果每一張車票都有一個故事，妳想想，會有多少個美好的故事發生啊。」是的，我相信這裡面必然有許多真情的故事，包括我自己的那一樁。但，我總覺得只要火車票卻不坐火車，似乎失去了一些什麼珍貴的東西。

送車票的朋友發來e-mail：「台鐵在過年前要販賣『永保安康』『金裝』的車票，一月一日的紀念票，在任何售票口、車站……皆可買到，而且還接受團體訂票呢！當這段旅程變得如此容易時，還有些什麼存在呢？」

我想到的只有葡國蛋撻的風潮，以及一夕之間在城裡滅絕的淒慘；我想到的只有台灣人的短視近利，永遠不懂得善用資源。我想告訴朋友的是，如此看來，要不了多久，我們就可以到恢復寧靜的保安站搭火車了。

神啊！我要向您懺悔。

原來楓樹這樣香

原來，楓樹這樣香。
原來，老去的歲月，也可以這樣愜意安穩。

❀

對於楓樹，生長在亞熱帶的我們，總有著一種特別浪漫的憧憬，很長一段時間，我都把校園裡的槭樹當成楓，還將落下的紅葉夾在詩詞裡當書籤。但，楓樹也總給予我一種淡然的感傷，最美的楓紅其實正預告著隨之而來的凋落，就像是中年邁向衰老，充滿著莫可奈何與無能為力。

繼去年完成的《愛情詩流域》之後，近來，我投入於第二部古典詩詞與現代故事的結合的創作，在這一部定名為《時光詞場》的新書裡，跳脫出愛情的範疇，將人生分成青年、中年與老年三個階段，分別描摩在不同的年齡層裡，感知到的人生況味。我蒐集了許多知名或不一定知名的歷代詞選，不斷的反覆吟詠，許多靈感紛至沓來，竟有應接不暇之感。然而，進行到老年這階段時，我陷入了創作的瓶頸，倒不是因為我的人生經驗裡缺乏這個部分，而是因為我想起了自己看見或聽見的那些老年人，他們的生活真正是憂苦多而歡樂少。

我想起自己客居香港時，在狹小的居住空間中，老人們或聚在一起打麻將，或相約飲茶，或在住家附近的小公園裡聊天，轉來轉去，他們總轉不出狹蹙的小空間。我在台北的住家附近也有許多老人，他們聚集一處，不是抱怨自身的病痛，就是哀嘆子媳的不孝，同時還要趕著接孫子放學，送孫女去學電腦，替住在國外的女兒坐月子。忙忙碌碌一輩子，到頭來還是要繼續忙下去，直到生命的終結。又或者病到行動不便的時候，只得任由子女發落。

我恐怕老去，其實是害怕這種身不由己的困窘。

因此，寫完兩篇無助的、無自尊的老人故事後，我對這樣的創作失去了信心與動力，甚至對人生的看法也傾向灰澀與陰霾了。我頹然停止創作，我將眼光望向海的遙遠的另一邊，然後，彷彿聽見一種召喚，那呼聲或許來自內心深處，我收拾行囊，展開好久不曾有過的長途旅行，目的地是加拿大的落磯山脈。

才到溫哥華，參加當地前往維多利亞島布查花園的旅行，我在遊覽車與遊輪上，便看見許多許多銀髮族。粗略估算的結果，赫然發現，老年人的比例，佔到百分之七十強，這些老先生老太太，看起來約有六、七十歲以上了，很多都是自助旅行者，背著自己的背包，裝扮輕簡。也有一些跟著團去旅行的，他們的穿著就更講究些，特別是在用餐的時候，男人將儀容整理得很體面，女人更是仔細化著妝，耳環珠鍊一應俱全。我暗自忖度，他們一定受到了兒女的良好照顧，才能如此快活，沒有後顧之憂。後來，認識了加拿大朋友，他告訴我們，加拿大的傳統是父母有照顧兒女的責任，兒女卻沒有奉養父母親的義務，老人家要去探望兒孫時，不僅機票自理，連旅館也要先訂好。老人們可以有不虞匱乏的生活條件，是他們年輕時付的稅金與福利金，也算是另一種形式的自食其力了。

我忽然領悟，這原來竟是老人們的快樂祕方了，他們從不指望兒女盡孝，自然也就毋須繼續做牛做馬，上一代與下一代之間，並沒有用枷鎖桎梏著彼此，反而得著了自由。有了自由，少了負擔，關係才能良好，老人便能活得輕鬆快活。

到達落磯山脈，在民宿中睡去並醒來，經營民宿的老夫妻滿頭銀髮，他們正對我們的同伴們解說在河中泛舟的正確方法。在當地的湖泊與河水中，有許多是專為高齡者所設計和規劃的。他們笑著招呼我們吃早餐，楓糖澆在鬆餅上，激起麵的甘香。老人將沖泡好的楓葉茶傾注而下，紅色的茶汁飄起難以置信的香氣，想不到楓葉竟然這麼香。

原來，楓樹這樣香。原來，老去的歲月，也可以這樣愜意安穩。在晨光微微裡，我忽然惦記起那些還沒寫完的故事，並且知道，它們將有一種完全不同的發展與情調。

籬下小貓咪

當我看見十幾萬隻流浪犬
在台北惶惶亂竄的時候，
常覺得人類根本無能付出長久的、有責任的愛。

❀

夏日洶洶而至，我挑了沒有工作的一天坐火車去海港，這是台灣的可愛之處，可以晃晃悠悠坐幾個小時火車，從島的這一頭到另一頭。不動聲色的看著背書包的男生女生，笑著鬧著擠上火車，可是車廂分明不擠。一個轉彎，海岸線忽然出現了，碧藍的、漸層的海水，就這麼直連天際，彷彿伸手便可以觸及，但我並不伸手。

在火車上換了幾種坐姿，終於還是累了，和台北也有了相當距離，於是便下車。挑高的車站裡，幾排候車椅耐心的在時光裡等候。

通往海鮮街的港邊道路是新建成的，一條叫做「移山路」、一條叫做「填海路」。領路的朋友有些失望，上次來的時候車行舊路，可以看見山邊的野百合。我告訴朋友，坐在火車上的時候，我已經看見窗外的百合了。朋友沒看見不能相信，懷疑我花了眼，但，那又有什麼關係呢？如果，百合花也像一種幸福預言，只要能夠遇見就好，早些或遲些並不重要。

吃完海鮮，我們去到冷泉公園，園門口坐著一個泡過泉水，臉色撲紅的中年女人，她出神的盯著一株木槿看，唇邊隱隱然有絲笑意，那笑意正好，不致喧譁，使得午後更沉靜了，靜到連風都沒有。園的另一邊正在施工，工人頂著烈日沉默勞動。我們既不泡泉也不賞花，趁著陽光被雲遮蔽的片刻，往街上走去。市場已經打烊，不久前才沖刷過的地面還是濕的。我從市場轉進一條街道，兩旁有舊式雜貨店、小說出租店，已經廢棄的平房園景零亂，籬笆半坍，我們看見一隻小貓。那樣的小，小到令人驚呼起來：「哇！好小的貓咪。」小貓的毛剛長齊全，是一隻漂亮的小花貓，看起來是還沒斷奶的稚弱。

我們停下腳步，小貓邁開踉蹌的步子，一點點蹭到我裙下，貼住我穿涼鞋的腳背，我走開了，下意識的。小貓繼續追蹤著我的裙襬，一邊像小嬰兒似的啼叫起來，叫聲無助。我和朋友研究，牠的虛弱可能是因為飢餓的緣故，朋友掏出隨身攜帶的餅乾，我跑到雜貨店去買一罐牛奶，老闆與老闆娘都趴在桌上午睡，我的到來並沒有驚動老闆娘。老闆為我結賬，我問他有沒有免洗碗零賣的？老闆善解人意地：「要餵小狗喔？」「餵小貓啦。」我微笑著，希望他能更善解人意一些，但，他並沒有。我返回陽光地，與朋友將餅乾融進奶中，催促貓咪進食，牠舔了幾口，虛弱的癱下身子。我與朋友面面相覷，「現在該怎麼辦？」

一刻鐘之後，我與朋友坐在候車室的椅子上等車，我一直想著那隻掌中貓，牠其實很符合我年少時的夢想，養一隻小巧得可以躺在掌中的貓咪，貓咪不會長大，我也不會老去。但，我無意收養那隻小貓，無意豢養任何寵物。自從多年前養死一隻靈巧的白文鳥，我失去了那樣的興致與勇氣。當我看見十幾萬隻流浪犬在台北惶惶亂竄的時候，常覺得人類根本無能付出長久的、有責任的愛。

前陣子好友的愛犬老病去世，我看見他的積靡與憂傷，有人勸他：「不要這樣悲傷吧，那只是一隻狗啊。」後來，我才知道對很多愛狗的人來說，喪狗之痛竟是直逼喪子之痛的，你能對一個喪失了兒子的人說「不要這樣悲傷」嗎？我委婉的勸好友：「以前一位老教授告訴我們，多情之人不該養寵物，寵物的生老病死，會強烈影響我們本就敏銳易感的心靈，增添不必要的憂愁與負擔。」那一年剛好死了白文鳥，我一直將老教授的話謹記在心。我的朋友思索片刻，他對我說：「可是，如果害怕痛苦與憂傷就不敢再愛，是不是太過怯懦了？我想，我還會再養狗的。」我忽然啞口無言。

愛，確實需要勇氣，特別是在因愛而受傷痛楚之後。一份可貴的愛，是要增添我們愛的能力與勇氣的，絕不是讓我們絕情斷愛，成為一個無情的人。回台北的火車上，我看著落日車窗，卻始終聽見小貓咪在籬下的啼叫，像一個嬰孩依戀著母親。我知道自己的內心永遠都不會放下這隻小貓咪，因我曾在那樣的夏日午後，俯近餵養過牠，在牠的目瞳中，看見過自己的形狀。

春桃夭夭

我在這對伴侶的身上看見了自己的殘缺。
看似四肢健全的我們，
誰沒有一些殘缺呢？

在夕陽遲遲，塵煙彌漫的北京城，沿著紫禁高牆緩慢行走的女人，背著重重的簍子，像個駱駝似的隆起背，卻也像是駱駝似的尊嚴。認識她的人都知道這女人出身富貴之家，因為逃兵災，落難於此，但她並不抱怨，也不肯墮落，就在城中撿爛紙過日子。儘管以她的姿色和年齡，很可以用笑容換得溫飽，以女性最原始的本能過更好的日子，但，她選擇了這樣一條道路，並且甘之如飴。與她同居的是一個稍稍認得幾個字的男人，能從她撿拾的破紙中辨認出一些值錢的東西，但，每日早出晚歸，風雨無阻的依舊是這個美麗又愛乾淨的女人。

直到那一天，在城牆底下，遇見被抓伕之後下落不明，又在戰爭中斷了兩條腿的丈夫。雖然他們連洞房花燭的姻緣也沒有，可那究竟是她有媒有聘的丈夫。除了生活之外，更大的難題亙在這女人的面前了，這就是許地山筆下最討人喜歡的故事〈春桃〉。許地山寫了不少小說，有些看著總覺得黏，說不清的黏糊感覺，可〈春桃〉真俐落，不但故事俐落，女主角尤其俐落。

春桃與丈夫已經分離這樣多年，要說情意是很淡薄的，但，這女子胸中仍有情義，將這殘缺了的丈夫扔在街上，是斷不可能的。於是帶了丈夫回家，與同居情人面對面了，這緊張的一刻連我也捏了把汗，卻聽春桃不慌不忙對情人道：「這是我原先的男人。」接著轉向丈夫道：「這是我現在的夥計。」何等膽識與智慧。我差不多要起立鼓掌了。

這故事一路進行，最窘迫難安的，當然是一個先來一個後到的兩個男人了。他們因為對春桃皆有生活與情感上的眷戀，所以暫時可以相安無事。只是，每當夫權意識湧動起來的時候，便又免不了鬧上一陣，所謂的鬧竟然是一哭、二鬧、三上吊，如此傳統的招式。丈夫為著不給春桃添麻煩而掛上了屋樑；情人為了成人之美鬧出離家出走的戲碼，所幸，丈夫救了回來，情人放不下春桃走了回來。一妻二夫的日子終得過下去，最後如同春桃所說，丈夫不能動就留著管家，情人跑外賣貨，她自己依然撿舊貨，「咱們三人開公司」。如此豪情壯志，真是教人掃盡鄙俗狹仄之氣。

我喜歡這個故事，是因為可能將自己命運變得很悲慘的女人，力挽狂瀾，將悲劇轉成喜劇，最欣賞春桃對丈夫說的那幾句：「誰不受苦？苦也得想法子活。在閻羅殿前，難道就瞧不見笑臉？」我想像，那樣的笑臉必然格外璀璨吧。而我竟真的見到這樣的笑臉，在打開大門的那一刻。

那天替出版社簽了三十本書，然後找快遞來取件。這三十本書可真沉，原以為快遞公司會派個壯漢來，起碼也是個年輕小夥子。門一開，看見個矮小的女人，不僅矮小，而且是沒有雙手的殘障人士，我們都傻住了，我和我的同事們。

她燦然地笑起來，一種明亮的、快樂的笑容。看著我們，她說：「我來幫出版社拿書哦。」

我們二話不說，由男同事將兩大疊書送下樓去，在樓下，同事見到車上有一個男人在等候。當他轉述給我們聽，我們幾乎是異口同聲地嚷叫起來：「那個男人為什麼不上來？」這樣直覺的，我們想像著那是一個怎麼懶惰而又自私的男人。議論紛紛地，我們抱怨著現今社會中男人是如何的沒有擔當，等等，簡直是憤怒起來了。

因為他沒有腳。同事說。

我們忽然都安靜下來，安靜到有點詭異，每個人都墜入自己的思索中了吧，我想。

他們看起來像是一對夫妻。同事補充說明。

我確實被震動了，一個沒有手的女人，與一個沒有腳的男人共同生活，為生存而奮鬥，他們絕不可能再斤斤計較男人該做什麼，女人該做什麼了，也不必再為夫權或妻權而抗爭，而是有手的可以做什麼，有腳的可以做什麼。能做什麼就做什麼，唯有最密切的配合與默契，才能相互扶持往前走。也因為這樣的自食其力，才能有如此自信燦亮的笑容。

我在這對伴侶的身上，看見了自己的殘缺。看似四肢健全的我們，誰沒有一些殘缺呢？我總記不住別人的名字；你總控制不了自己的脾氣；他總看不清虛假或真實，這些豈不都是殘缺？一旦認清了自己的殘缺，又怎麼會不能接受別人的殘缺呢？我明白了自己過去在每一段愛戀中，總追求著自身與對方的完美，其實是多麼沉重的負荷與壓力；我也知道下一次的相遇與相戀，應該交託的是怎樣的自己。春日的微雨中，彷彿一株夭夭桃樹，花開映亮人眼。

荷花田裡的午睡

十年後，我站在傳說中的荷花池畔，
看見的不是荷花破水而出，
而是一幢高樓破土而起。

我一直記得農曆六月二十四日，是荷花的生日。少女時代開始，一到夏天就有一種蠢蠢欲動的想望，到植物園的荷花池畔看荷花，從午後逗留到黃昏，一邊聽著蛙鳴，一邊看著星星亮起來。詩人余光中說的：「今晚的星空很希臘」，他的關於蓮花的浪漫聯想，就來自這片不大不小的荷花池。看荷花是每年一度的盛事，到我當了老師，還有好幾年把全班學生從國文課堂裡帶出去，排排站在荷花池畔發獃。很多第一次見到荷花的學生，都像我初次與荷花遭逢的反應一樣，獃獃地，被美撞了一下，毫無招架能力，就只是傻了。

曾經在四川的山裡面，見到一畝田地一方荷花，整整齊齊地參差著，車子從道旁駛過，速度使得風景更像莫內的畫了。與我一同遊歷的朋友，是中部人，她的父親留了一方田地給她，當時她承諾，要在田地裡栽種荷花，荷花池畔蓋一幢小屋，每年夏天就去那兒賞荷。「早晨一推開窗，就可以聞到荷花的香氣，很幸福吧。」十年後，我站在傳說中的荷花池畔，看見的不是荷花破水而出，而是一幢高樓破土而起。據說這幢建築物是附近一帶售價最高的，朋友熱烈向我介紹它的建材與設計，我聽著應著，卻忍不住一股惆悵情緒悄然掩至。

後來我便格外留心荷的消息，總覺得它們是留不住的，終歸要失去。常聽人說，台灣南部的白河鎮有荷花田與荷花節，值得一賞。當地還辦了荷花美食展，不管什麼菜色，都擱上點蓮藕啦、蓮子啦，要不就包上片荷葉，年年都吸引許多觀光客。或許就是因為觀光客太多，我年年想著要去，卻年年都沒有付諸行動。可是，只要有朋友去白河，總要知會一聲：「喂！要不要一起去啊？」「下次吧。」我好像總這麼回答。這一次有朋友召集了一群人，到台灣北部的小鎮觀音去看蓮花，一聽觀音這個鄉名就有了好感，覺得蓮花很應該與觀音攀上關係的。

出發那天避開了星期假日，也就避開了人潮，我們先去了新屋鄉附近的紅毛港，水筆仔保護區。這些紅樹林靠近出海口，比我想像的遼闊也偉壯，樹上開滿白色細碎的花叢，簡直就是一片茂密的森林。保護區中架設了人行步道，沙洲上各式小螃蟹歡快地爬行著，朋友教我認識了有著巨大鉗子的「招潮蟹」，像是迷你娃娃魚的「彈塗魚」，就這麼上了一堂自然生物課。

黃昏時分抵達觀音，進入荷花農場，還沒看見標幟的時候，我已經嗅到荷的甜香氣味了。據說這一大片望不見邊際的荷花田，不過就是這兩年的栽培成果，我站在田邊看著亭亭如傘的荷葉，一朵朵絲緞般瑩潔的荷花，發現荷這種植物原來竟是大高個，只要給它土壤與水澤，長得比人還要高。農場裡並不收費，我們一人叫了一杯蓮花冰茶消暑。蓮花茶淡淡逸出蓮的清香，舌尖感知到一點苦，只一會兒就轉化成回甘。農場的人見我們來了，忙著將荷葉飯蒸上，不一會兒，清香味騰散在空間裡，很像是勞動一天的農人，沿著田埂回到家裡，搖著芭蕉扇等待開飯。

我的對於荷花的那種很難解釋的情感，深深潛埋在心底，瞬間忽然甦醒了，從少年植物園到成年的四川大足，直到此刻的觀音鄉。這座荷花農場並不屬於我，又彷彿就是屬於我的。我們坐在荷花田的遮篷下，聽著不知從哪裡傳來的蟬鳴，久了竟有些瞌睡。我或許睡了，或許沒有，彷彿見到自己騎著一輛自行車，在兩邊開放著荷花的泥土地上緩緩前行。我騎得不快，怕錯過每一朵花的綻放，我騎得不慢，怕自己終於受不住誘惑，停下車走進荷花田裡，一個不小心就會迷路。雖然，在荷花田裡迷路也是美好的經驗，但，這片荷花田實在遼闊，我還是比較願意選擇，在荷花田裡一場小小的酣眠。

別離的寓言

我的列車進站了，我向他微笑著，
點點頭，告別了。
他的身形在捷運的速度中，
只一瞬就消失不見了，比我想像得還虛幻。

❁

很久很久以前，城裡有了捷運……所有的寓言故事都是這樣開始的，不是嗎？讓我也來說一則，關於捷運的寓言吧，不會太長的，因為捷運的速度這樣快，誰也沒時間聽長長的故事了。

「捷運高架軌道在你身後，路燈排列成弧形，那總也不能驗收通車的交通工程，看起來像報廢的雲霄飛車，安靜、荒涼、古早的，已經歇業的遊樂場。我們在世紀末、夜晚的、凋蔽的遊樂場相見。」

這是我在長篇小說《我的男人是爬蟲類》中，對於當時遲遲未能通車的木柵捷運軌道的描寫。

後來，當木柵線、淡水線、板南線陸續開通，從地底到空中，許多人搭乘捷運來來往往，便有讀者好心的提醒我，是不是該修改小說中對於捷運的描寫呢？它不再是歇業的雲霄飛車了啊。是的，它是一條飛翔著的，城市裡的運輸線路。但，我仍然記得當它還沒有通車的那些夜晚，我與當時愛戀著的人，總約在軌道下的堤防邊相見，我們分享著許多快樂的事，或只是陪伴著無言地靜靜坐著，我們將那裡稱為「祕密基地」，是一個只屬於我們兩個人的地方。每一對相戀的人，都會有他們自己的祕密基地的吧？雖然許多愛戀、許多祕密和基地，就這麼忽然消失不見了，我卻希望它可以留存得久遠一些，在我的小說與我的記憶裡。

緩慢可以貯存許多氣味與感覺，迅捷卻令一切加速改變。捷運是迅捷的，它令這座城市裡曾經保有的從容悠閒漸漸消失了，公車歲月晃晃悠悠的窗景，我們看見行道樹發芽；小學生牽著手過馬路；長尾鳥雀在分隔島上跳躍，看見自己從背著書包的少年，變成提著電腦的成年人了。捷運月台上的鈴聲催促著，ＤＤＤ車門關閉起來，把許多沒擠上車的人的喘息與遺憾扔下，揚長而去。ＤＤＤ，只要走進捷運站，這變成人們唯一專注聆聽的聲音，我們的腳步愈來愈快，對於那些阻擋在前方的人，愈來愈沒有耐心。我們只想立即進入車廂，穿越黑暗的甬道，去到目的地，至於過程，至於等待，誰也不稀罕了。

我喜歡捷運和地下鐵，為了這個原因，我也喜歡紐約、巴黎和香港。那時候坐在戀人的車上，看著鐵軌上試車的捷運，忍不住喃喃地說：「到底還要等多久啊？好想坐捷運上班啊。」握著方向盤的戀人微笑著擰起眉，似真似假的：「坐我的車不好啊？風雨無阻，到府接送的。」我笑起來不說話，背包裡有著去巴黎的機票兩張，愛情、旅行、地下鐵，就是我最理想的生活了。捷運全線開通之後，我們不再去祕密基地了，因為那裡總有很多人；我們不再駕著車四處閒逛了，因為戀人愈來愈忙碌，然後有一天，他對我說：「我不想再開車了，堵車堵了十幾年，找停車位也找了十幾年，我覺得太疲憊了，以後都搭捷運吧。」從此以後，我們搭乘捷運，各自去上班，我相信他是真的很疲憊了，只是不知道為了什麼如此疲憊。

有一回在電話裡，我說起自己在捷運站裡看見的一幕突發事件，那一晚，戀人的聲音聽來也是索然的，不再像曾經的那種熱切與溫柔，我仍興致勃勃地敘述著：我今天下班的時候，在捷運站裡看見一個男人，忽然身子一矮，整著人就跪了下去，對著走在前方的女人大喊，某某，我愛妳，請妳嫁給我！他喊得很大聲，旁邊的人都被嚇了一跳，然後紛紛掩住嘴笑起來，那個女人趕快轉身扶他起來，很不好意思的樣子。他不起來，拉著女人的手說，妳答應我，妳答應我我才起來。那個女人只好點頭答應他了，於是啊，我們這些圍觀的人一起為他們鼓掌起來了。很酷吧？「真的？」戀人的聲音聽起來也有些雀躍：「真有這種事？」是的，這種事確實發生了，有什麼可懷疑的呢？曾經，在我們那麼執著愛戀著彼此的日子裡，也有過如此強烈的婚嫁念頭的啊。「真誇張。」我的戀人做了這樣的結論。所有的浪漫都只是一種誇張，忽然間，我有了一種捷運進入地底甬道的暗黑感覺。我想，我漸漸明白為什麼他總是如此疲憊了。

然後，是我們的相愛週年晚餐，他核對著他的報表，我敲打著我的手提電腦鍵盤，直到服務生將桌檯上的燭火點起，燈光變暗。我們才抬起頭望著彼此，很有默契地說，應該回家了，明天還要上班。我們來到相同的捷運站，在月台上等待著不同方向的列車進站，我的戀人忽然說：「啊！我們是反方向呢。」怎麼他到現在才發現嗎？「我們一直是反方向的，」我終於誠實的說了，面對著他的詫異，我繼續說：「而且，從此也不會是相同的了。」這時候，我的列車進站了，我向他微笑著，點點頭，告別了。他的身形在捷運的速度中，只一瞬就消失不見了，比我想像得還虛幻。

故事說到這裡，是不是有點感傷？別在意，這只是個寓言罷了，時間和人物都是虛構的，只有情感和捷運是真實的。如果你不喜歡，那麼，就讓我修改這則寓言的結局吧，我一向擅長說出討人喜歡的故事的。後來啊，那些倉卒中別離的戀人們，都在捷運列車裡相逢了，春天的陽光照射著他們始終未曾老去的臉龐，於是他們發現，原來，依舊是這樣深深地彼此愛戀著。

一堵牆

我只想他抿住薄薄如傷痕的嘴唇，
溫柔地抱緊我，給我一個煙薰的五月的吻。
接著我們便會推倒一切的牆，讓它們變成橋，
使所有相愛的人都能走進彼此心裡面。

❋

扶起一堵牆

夜色漸漸沉鬱的港島，淺水灣的沙灘上，我忽然站起身子，月光下看見一前一後緩緩走來的范柳原與白流蘇。「嘿！」我輕聲地提醒將紙菸夾在指間的情人。

他只是怠懶地抬抬眼睛，彈去了灰白的菸燼。我管不了這麼多，這可是個得來不易的好機會，想不到真能遇見他們。

我跟著他們往山邊一堵灰磚砌成的牆壁行去，柳原靠在牆上，流蘇也就靠在牆上，牆是冷而粗糙，死的顏色。她的臉，托在牆上，反襯著，也變了樣——紅嘴唇、水眼睛、有血、有肉、有思想的一張臉。柳原看著她道：「這堵牆，不知為什麼讓我想到地老天荒一類的話……有一天，我們的文明整個的毀掉了，什麼都完了——燒完了、炸完了、坍完了，也許還剩下這堵牆。流蘇，如果我們那時候在這牆根底下遇見了……流蘇，也許妳會對我有一點真心，也許我會對妳有一點真心。」

「一堵牆能見証什麼真心？」我的情人站在白流蘇的身後，冷冷地嘲弄。

我就站在范柳原後方，可以嗅到他的身上好聞的古龍水橄欖味兒：「他們到底是天長地久了。」

「可是，他們終究是寂寞的，兩個生命本質不同的人，一個只想愛情，一個只想結婚，費了那麼大力氣，到底敵不過一場戰爭。」

我不喜歡我的情人發表他的哲思的神情，看起來遼遠而疏淡，像一個陌生人。我只想他抵住薄薄如傷痕的嘴唇，溫柔地抱緊我，給我一個煙薰的五月的吻。接著我們便會推倒一切的牆，讓它們變成橋，使所有相愛的人都能走進彼此心裡面。與他相愛的時候，我總幻覺自己有強大無比的氣力。

「因為有妳，世界變得太慈善，一切都美好得像夢，很不真實。」當我的情人還不是情人的時候，他這麼說。

然後我們忽然相愛了。我像置身在一片金黃沙灘，海水安靜地湧起又落下，一輪滿月彷彿剛剛修剪完成，明潔而無瑕疵地懸在天上。我站在那裡，沐浴著月光，戀慕著被愛寵的自身，並沒有留意到那堵牆——讓范柳原與白流蘇覺得荒涼的牆；讓許多戀人無路可走的牆；開天闢地以來就屹立在那兒的一堵牆。

我的情人說他是不善與人交通的，所幸我善於造橋，每一次總能準確無誤地直達他的心裡面。得到了這個鼓勵，我日以繼夜地造了許多橋，有一些是為他造的，希望他也能走到橋的這一邊，走進我的心裡面。我們給彼此寫了許多信，當他出差的時候，我們的長途電話費昂貴到很罪惡，後來，我們夜夜傳e-mail，在屏幕上書寫著星光一般美麗的思念，後來，我們時時刻刻在彼此的手機上留言。再後來，我們不寫信了，不傳e-mail了，不在手機上留言，甚至也不通電話了。於是，那些橋忽然矗立起來，連結成一片牆，冷而粗糙，死的顏色。

「一堵牆能見證什麼真心？」我的情人把菸摁熄在牆上，垂下肩膀走開了。

這一次我沒有跟隨他，我的臉挨蹭著牆壁，我的淚忽然流出來，潺潺地流過牆上的燙傷，那傷口貪婪地吮吸我晶瑩的淚水，像永不饜足的纏綿親吻。我的情人已經忘了，這曾經是許多橋，許多相愛的見證，只是在我們不再相愛的那一刻，同心協力，扶起這堵牆。

推倒一堵牆

看見他走進來的時候，妳必須要微微開口，才能呼吸順暢。這是妳夢想了好久的一刻，卻在此時希望這一刻不要來臨。他由社團同學簇擁著走進演講廳，雖然已經中年，眼瞳裡卻仍閃著天真的光采，簡單的亞麻衣褲，如同妳想像過千百次的模樣。桌上放置著果汁與礦泉水，他將果汁交還同學，就像妳所知道的，他選擇的是礦泉水，並且喜歡在玻璃杯裡加一些琅琅有聲的冰塊，當他寫作的時候，這是他離不開的飲料，即使在寒流來襲的隆冬。妳忽然搜索著他的食指，那傳聞中因為長期書寫而扭曲變形的一根手指，妳伸長了頸子專注地看著，是了，在那裡，沒錯。他忽然抬頭看住妳，不假思索地對妳微笑，非常溫暖的微笑，一種接近於擁抱的微笑，那是妳在孤單恐慌的少年時代，曾渴想得遍身疼痛燒灼的。然後，他開始演講。妳來得很早，佔住最前排的位子，仔細地近距離地觀察他，他的額前有一小綹銀白的髮色，笑著的時候下眼袋更明顯了，這就是年歲留下的傑作嗎？以前妳一直以為他是不會老的，等妳長大了他還是那樣，有一顆剔透靈妙的心，有許多華燦美麗的字句。是他挽留妳對於這個世界的棄絕意念；是他在妳父母仳離時安慰妳顫抖的憂傷；是他陪伴妳當妳的朋友對妳厭倦而遠離，他根本就不認識妳，妳卻在他的書裡一次次獲得一種瞭解的救贖。妳猜想自己已經愛上他了，在對他的愛中，妳找到了成長的希望。他在台上說了些什麼？笑聲一陣陣從四面傳來，他的幽默感總是剛剛好，一點也不低俗。他又說了什麼？妳看見身旁的女孩悄悄用面紙按了按眼睛，後面傳來吸鼻子的聲音，這是他的專長，哪怕只是一個普通的故事，他也能說得真情流露。「妳不覺得他太溫情主義了嗎？」中學時就有同學問過妳，她們對於妳只耽溺於一位寫作者很不以為然。可是，這世界不就是這樣，誰對誰都是不以為然的，妳幽幽地笑了起來，笑得既薄又脆，像冰花。演講結束，許多手臂舉起來要發問，妳根本不舉手，直接站起來握住麥克風：

「你到底想表達些什麼？這麼多年來你只告訴我們世界是美好的，是溫暖的，是有希望的。這是不是一種高級的騙術？你用美麗的文字行騙，你把讀者當成傻瓜嗎？」

嘎——麥克風因為共鳴發出刺穿耳膜的噪音，像一聲淒厲的嚎叫。

妳止不住的顫慄，終於，妳終於說了，當著他的面惡狠狠戳下去。要讓他痛，因為他再也無法安慰妳的痛了。妳愛上那個男孩子，那個孤獨而驕傲的男孩子，他讓妳愛他，又不准妳愛他。「妳只看一個作家的書，妳只相信世界的一種樣子，我怎麼可能愛妳？不管任何一種形式的偶像崇拜都很愚蠢，妳懂不懂？」妳不要偶像，妳不要痛苦，妳只想好好愛一個人。為什麼竟如此困難呢？妳終於推倒了這堵牆，曾經支撐著妳的這堵牆，妳親手推倒了它，妳就是要證明根本不需要它，妳再也不需要他了。

他先是驚愕，接著，在滿座譁然中，他坦然地注視著妳，輕聲地，彷彿怕會驚嚇妳似的：「我傷害了妳嗎？但我一定不是有意的，生命有很多種形式，最重要是令自己快樂。」

他接著回答別人的問題了，那些同學仍然相信他懂得更多，關於愛與自我與成長。身旁的女生拉妳的衣角，叫妳坐下，但妳不能坐，妳覺得他迴避妳的問題，他為什麼不懺悔？為什麼不認罪？為什麼不肯宣告那堵牆已經傾積？

妳無狀狂走於空無一人的校園裡，從未感覺如此空虛，也許從來沒有那堵牆，妳卻耗費這樣大的氣力去推倒；也許確有那堵牆，支撐在妳往昔的成長歲月裡，妳怎麼才能推翻過去的自己？妳踢到一塊磚，顛躓在興建工地的圍牆邊，用鐵片圍起來的，也算是一堵牆，妳蜷下身子抵住牆，痛澈心肺地大哭起來。

第4樂章

青春

我們在充滿人聲的擁擠的走廊上相逢。
那令我懸念的小男孩，
二十四歲，正當青春，
我卻是他母親那樣的年齡了。
青春從不曾消逝，
只是從我這裡，遷徙到他那裡。

Forever Young

我們分別乘坐不同方向的捷運列車，
告別前她忽然對我說，
真懷念剛剛畢業的日子，
那時候多麼年輕，還是那時候好。

❋

在校車上遇見一個曾經教過的女學生，她後來在系上當助教，然後成為行政職員，嫁給了同班同學。好幾年沒見面，忽然相遇都感到驚喜，我悄聲問她，可有小寶寶了？她笑起來說，兒子已經在幼稚園小班了。接著告訴我她的新家靠近淡水河，從窗邊能夠眺望海水。我聽著，從她的神態中感覺到幸福。我們都要轉乘捷運，下車之後，她領著我走一條她自己發現的羊腸小徑，兩旁都是綠樹，有著花草的香味，羊蹄甲的粉色花朵盛放。這年輕的母親告訴我，走這條路可省時間了，又不必穿越馬路，還有新鮮的空氣。我們分別乘坐不同方向的捷運列車，告別前她忽然對我說，真懷念剛剛畢業的日子，那時候多麼年輕，還是那時候好。

我微微地笑著，沒有回答。想到前兩天接到的，香港學生傳來的e-mail。

離開香港滿兩年了，當初在課堂上遇見的大一新生也畢了業，可喜我與他們仍保持連絡。那個意氣風發，彷彿一定會叱吒風雲的學生，現在規規矩矩在中學當老師呢，並且告訴我景氣不好，能有個穩固的工作已經好不容易。那個膽子挺小，最害怕改變的學生，如今在北京遊學，天天得適應新環境，她發現這原來出於自己的本能，並不如想像中的艱難。然而，就在傳說中會造成重大災害的秋颱即將撲面而來之際，我收到一封e-mail，來自香港一個女學生，一開始她就向我說「對不起」。對不起，因為這次其實是要告訴妳一個不好的消息……

如果我說，嘿！別說對不起，我不接受哦，我也不接受任何壞消息哦……事情可能有轉機嗎？當然不能，我明白的。

是那個叫做Calvin的男生，黑黑瘦瘦的男孩子，在小說課上總和女生拌嘴的大男孩。我一直以為自己已經漸漸忘記許多人與事了，可是在那一刻，一切都鮮明起來，是啊，那個常常遲到的男生。

他每次都坐在靠後方的位子上，其他人則是儘量往前坐，他們或是想將我的普通話聽得更清楚些；或是一種想要親近的潛意識，那些課程的氣氛多半是和諧的。我們談著明代男女的愛情或是奸情或是偷情，一面引徵著現代社會中的矯情與無情。教室有一整面的玻璃窗，外頭便是相思樹林，陽光像夢似的薄薄透進來，一陣雨之後，空氣中的芳香特別清新。當我們談到男女是否平等時，Calvin總是半諧謔半認真的發表他極獨特的見解。

我記得那一次我們討論富有的名妓杜十娘，一心一意從良，卻被情人賣給商人的故事，Calvin說她的情人一定是受不了壓力，覺得杜十娘的地位比他高，他才將她甩脫的。「拜託喲！」女生不可思議地嚷嚷：「她是妓女，哪來的社會地位啊？」Calvin慢條斯理的說，杜十娘經濟寬裕，又可以選擇自己的情人，身心自由，不就是一種社會地位嗎？這見解當然引起姐妹譁然，女生全都轉過頭去大聲抗議起來。他忽然成了焦點。那時刻他的眼睛便異樣燦亮起來，似乎是專注於這樣的抗辯，但，不消一會兒他就失去興趣，於是半真半假的向女生投降了。在整個過程中，他都帶著笑，像是發動了一場遊戲。就是那個男生，他叫做Calvin，他已經因為肝癌去世了。

女生說：「他在五月時發現自己患上末期的肝癌，我們都覺得很震驚，實在不知如何面對，只有接受。」我想起他晃進教室時，總是漫不經心而又滿不在乎的樣子，他也只有接受了吧，接受命運的播弄。女生說：「到八、九月時，他的身體狀況已很差，得靠藥物止痛，每星期到醫院或他家探望過後，我總是不斷哭。」為什麼我記得Calvin的神情；記得女生們的反應，獨獨記不起自己的態度了？我當時曾對他微笑嗎？像是一個在遊戲中的孩子那樣？或者我的表情是不以為然的？我真的想不起來了。如果我知道後來的事，有沒有可能改變自己的態度？又或者我的態度並不糟，所以鼓勵了他一次又一次的大放厥辭？也或者我心裡其實同意了他的某些似是而非的觀點，只是沒有表達出來？

已經做了母親的女學生，懷念的是年輕時代；那些香港學生在病榻前看著同學去世，他們多麼盼望可以老去。

秋颱後來並沒有來，我平靜的接受了這個不好的消息，回信給女生，安慰她的哀傷，Calvin再不會受苦了，他再不會痛。並且，他永遠那麼年輕。我們都會老去，但，他永不會老了。只是，他也不能為我引一條自己發現的小路了，或許，他已經引過了，只是那時候我沒有發現。

青春，原來令人驚懼

在那些綴滿星星的夜空下；瀰漫著晨霧的鄉間；
永遠也不會天明的KTV包廂裡，
我都曾經聽見冰做的風鈴，透亮悅耳的聲響，
幾乎忘記了它同時也在風中迅速消融。

青春，是冰做的風鈴

當夜深了以後，四周寂靜下來，我聽見一陣風過，撩撥起來的串串鈴聲，滴泠泠，滴泠泠，一種冰涼濕淋的脆響聲音。不知道是誰家陽台上懸吊著的，宛如一個計時器。我的第一個風鈴是生日禮物，

附著一張小卡，上面寫著這句話：「青春是冰做的風鈴」，那年我二十二歲，剛開始唸碩士班，並沒有感覺到自己的青春。可能是因為，大學時怕跟不上同學的進度，我一直都那麼戒慎恐懼著，把青春的光芒都修剪乾淨了。

把自己修剪乾淨的我，隨即展開大學畢業之後的相親活動。突然之間，許多阿姨、伯父都出現了，他們帶著從國外回來的碩士、博士，事業有成的年輕人，來到我的面前。而我必須一遍又一遍地重複著：「我的興趣啊，嗯，看看電影啦，去郊外走一走啦！」於是，我和不同的男生去看電影，去郊外走來走去，但，心裡沒有一點期待或者雀躍，只有著隱隱然的焦慮。那時候我是個急著走進婚姻裡面的女孩，因為我以為那是人生必須的，唯一道路。直到終於可以投入研究所的課程，才有鬆了一口氣的感覺，我一點也沒有看見自己的青春，不知道青春其實是無法修剪拔除的。

唸博士班二年級時，我很尊敬的金老師，為我在文化大學文藝創作組開了小說習作這門課，那時我已經出版兩本暢銷書，開始在校園裡演講，但我仍感到恐惶，對於教書這件事，長久的夢想，竟然真能實現？金老師為我打氣，教我安心，就在我鼓起勇氣接受之後，老師語重心長地說：「只是妳太年輕，許多教授都擔心妳太年輕了，我想，妳在穿著打扮上可能要稍微……成熟一點。」年輕？我已經二十六歲了還年輕？我從不覺得年輕。站在鏡前，我看著自己垂直如瀑的長髮，鑲荷葉邊白色襯衫，棉質碎花長裙，原來我是年輕的。為了將青春修剪得更乾淨，我到服裝店裡買了好幾件從來不曾穿過的顏色與款式，一律是寬肩窄臀，黑色壓金絲的；樸藍偏藏青的；墨綠色浮著印花的，為了更加強成熟的效果，乾脆將長髮燙成麻花捲，或者全部盤成髻。一不做，二不休，又買了許多正當流行的大耳環，十年後的自己忽然走到鏡子裡，與我面對面。

站在講台上的我，縱使努力讓學生知道我是他們的老師而不是學姐，學生眼中卻仍疑疑惑惑地。比較熟悉以後，有學生質疑我的用心：「為什麼妳要裝得那麼老啊？」也有學生質疑我的美感：「為什麼妳穿得像國光號小姐？」我有口難言，一切都是因為青春吶！

一邊教學的我，一邊繼續修著博士班的課，有時從校本部到城區部上課，便搭乘教職員專用的校車，當時已在城區部兼課的我，搭校車是名正言順的事。有幾位博士班學長學姐，年齡比我大好多的，雖然沒有在學校上課，卻也跟著我搭順風車。那天，我被一位陌生的年長司機先生喝斥：「喂！妳下車！學生不能搭校車的。下去！」我向他解釋我是老師，是中文系的老師，他睨著我不肯相信，一副我不下車他就不開車的架勢。我急了，向那幾位學長姐求援，他們尷尬地垂下頭，不敢仗義執言，只因為他們的年齡，使他們更像老師，所以安全過關。我只好靠自己，不停解釋說明，司機先生不耐煩的一揮手：「妳要是老師，我還是校長咧！」最後怎麼樣？我反正不下車，氣虎虎坐下來，他只好氣虎虎地開車，直到我下車時，他仍憤憤不平地叨唸著，什麼世風日下，人心不古之類的。

聽見透亮悅耳的聲響，忘記它正迅速消融

即將邁進三十歲時，我特別喜歡在文章裡提到「我已經老了。我只想活得好而不是活得美了。」這樣的話。在課堂上說故事給學生聽的時候，也總是這麼開始的：「當我年輕的時候⋯⋯」學生們譁笑起來，覺得這個老師挺誇張的，年輕的時候也不過就是前幾年的事，幹嘛說得像前朝遺事似的。有一回我的另一位老師含笑對我說，她和她的朋友都在讀著我的文章，她們有一個共同的想法，明明是這樣年輕的人，為什麼總要說自己老啊老的。我已經三十歲了還年輕？「是啊，比起四十歲，比起我們這樣的年紀，妳當然是很年輕的啊。看見妳口口聲聲說老，我們都不知道該怎麼辦了。」從那以後，我不肯再輕易言老，我對自己說，我從來沒有放心的青春過，這應該是時候了。

於是，我是從三十歲以後開始青春的。

我修完學位，騰出大段大段時間發呆；我去旅行，長時間流浪在異國，而不只是去郊外走一走；我參加舞台劇的演出，在眾人矚目的台上又哭又笑，而不只是看看電影。我剪短頭髮，換上牛仔褲或是短裙，穿著平底鞋或者長靴，我夥著一群很青春的朋友，到大草原去等待月亮升起，守候破曉天明。我們一起到綠島泡海底溫泉，看著他們像魚一樣的裸泳著，當太陽躍出海平面的時候，他們也像海豚一樣翻躍而起……這才是我的青春。

在那些綴滿星星的夜空下；瀰漫著晨霧的鄉間；永遠也不會天明的ＫＴＶ包廂裡，我都曾經聽見冰做的風鈴，透亮悅耳的聲響，幾乎忘記了它同時也在風中迅速消融。

漸漸的，我搭乘校車時再不被刁難了，司機先生愈來愈和氣。

漸漸的，當我對學生說起年輕時候的事，他們不再譁笑，反而顯露出聆聽前朝舊事的興味。

有一天，我們在課堂上讀朱自清的〈背影〉，許多學生是為了唸大學才離鄉背井的，特別有感觸，那次的發言相當踴躍。學生們熱烈地說起對父母親的思念與愧疚，有個女孩子說母親結婚早，從來沒過一天好日子，家裡小孩又多，她每次回家看見母親操持家務，很心疼母親的年老與辛勞，只希望將來能報答母親。我微笑地，隨意問起，年老的母親年紀多大啦？女孩想了想，差不多四十歲了吧。我的笑意忽然僵在唇邊，她母親原來是同我差不多的年紀。然而，對這個十八歲的女孩來說，四十歲是夠老的了。

這兩年開始，我在教授休息室裡，會看見一些年輕的講師，也投入國文課的教學工作，有些甚至是上過我的課的。冬天的休息室裡，我敲過門之後走進去，兩個年輕人正在聊天，其中一個男孩子是博士班的學生，我們原本就認識的，另一個女孩，臉上有著不能修剪的青春的光芒，那光芒是難以逼視的。男孩告訴我，女孩也在教國文，是新進的老師。我站立著，錯愕地，遲遲才能對她頷首。不是的，她不是應該坐在教室裡的年齡嗎？光潔的臉容上，純粹晶亮的眼眸，她此刻坐在休息室陽光充足的座位上，那正是多年前我最喜歡的座位。不畏怯太陽的照射，以一種好奇的眼光注視著每位走進來的老師，想像著自己將來的模樣，想像著每一天會發生什麼有趣的事。我幾乎是驚惶地走進了盥洗室，雙手扶著臉盆邊緣，我想，我是被青春嚇了一跳。

擁有青春的人，是不會對青春感到驚懼的。我忽然明白了自己，就像多年前忽然發怒的校車司機；質疑我不適任教職的那些老教授，我在類似的情緒中明白，原來，青春是令人驚懼的。

我在已經花糊了的陳舊的鏡子裡，看著自己，所幸鏡子仍是慈悲的。當我為自己的雙唇上了飽滿的豆紅色，轉身開門的時候，依稀又聽見那陣脆亮的聲響，滴泠泠。

我的青春姐妹們

我知道我們不會再相遇了，
走過再也不會開花的園子，走過再也回不來的青春年少，
一隻粉紫色的小蝴蝶，緩緩從草地上飛過。

❋

我是在這座村子裡長大的，那時候村子四周都是田隴，是風中飄揚的稻香，是時起時落的白鷺，放學回家一不小心就會踩一腳牛糞。村子的周圍栽著高大的喬木，我一直以為是松樹，很後來才知道，原來是木麻黃，是防風的林木。防風防災，讓村子裡的孩子慢慢長大。長大的男孩子都離開了村子自立門戶，長大了的女孩子都到哪裡去了呢？

十四歲那年，我與家人搬離了村子，天上下著小雨，我與那些

姐妹們揮別，對她們說：「我會回來找妳們！」

「一定要回來啊！」她們追著車子跑著，揮著手。

我們都沒有哭，因為覺得一切都沒改變，我反正還會回來的。

車子駛過我們捉蝴蝶的花園，那園裡的花總開得那麼好；車子駛過我們放風箏的小廣場，跑啊跑的風箏就飛起來了，我們都開心的笑了……

蝴蝶草上飛

村子裡許多人都搬走了，一位老鄰居想賣掉她的房子，我陪著朋友去看那幢二樓花園小洋房，灰撲撲地一排排房舍矗立在黃昏裡，四周都是高樓大廈，益顯出村子的陳舊年歲。再沒有孩子的喧鬧叫喊聲，我站在巷弄裡，試著聆聽，應該仍保留在村子裡的，那些永不消逝的聲音。

我聽見大毛他媽正在向鄰居太太炫耀兒子考上第一志願；我聽見李

叔在院子裡鞭笞逃學還偷錢的兒子猴寶；我聽見屈媽媽生了六個女兒之後終於生下兒子，家裡放著鞭炮的劈里聲響，然而，那些女兒呢？

女兒在哪裡呢？

從小我就好希望可以有一個姐妹，卻一直不能如願，對門的昌家有兩個女兒，與我年齡相仿，比我大的叫做恬恬，比我小的叫做淨淨，去她們家睡午覺，三個小女生擠一張床的親密感，就是我最初對於姐妹意涵的理解了。我們總是喜歡把蚊帳撐起來，枕頭堆得高高的，建立起只有三個女生的小小王國，分享一些小祕密。恬恬還是小女孩就已經夠漂亮了，常收到男生的情書，我和淨淨故意怪腔怪調的唸出來，恬恬將手帕鋪在臉上，隨著信上的字句笑起來，氣息一掀一掀，使得薄薄的帕子在她臉上飄啊飄的。陽光斜斜地照在潔白的手帕上，我注視著，想像著將來的恬恬會是一個多麼幸福美麗的新娘子。

「恬恬！將來妳結婚的時候，我要當伴娘。」我搖著恬恬，急切地要一個承諾。

「那我怎麼辦哪？」淨淨也急了。

是啊，人家才是姐妹，我是什麼呢？誰稀罕我當伴娘呢？我不說話，躺下來，紅了眼睛。

「我決定了。」恬恬坐在高高的枕頭上宣佈著：「我結婚要請妳們兩個人當伴娘，誰說伴娘只有一個的？我就要兩個！」

「真的嗎？」我翻身起來，揉著眼睛：「妳不可以反悔喲！」

從那天開始，我們多了一個祕密，恬恬結婚要兩個伴娘，缺一個都不行。

與恬恬相比，我和淨淨顯得失色太多了，可是淨淨很會捉蝴蝶，我生平第一隻鳳蝶就是她捉給我的。在那片開滿各色野花野莓的草地上，飛翔著許多粉蝶，有時也會有鳳蝶，淨淨追到蝴蝶用裙子一撲，蝴蝶就落了地。我們將牠圍在中間，等著牠死去，帶回家做標本，等了好久好久，鳳蝶仍奮力振動牠的翅膀。怎麼辦呢？我們捕捉了美麗，但，它有自己的生命與意志，它並不屬於我們。

我們放棄了，一起回到昌家，昌伯伯的湖北腔調裡有一種慨氣的樂觀，昌媽媽的廣東煲湯香味透窗而出，他們家與我家很不同，許多家具和用品隨意散置，填滿所有空間，空氣裡充滿兩夫妻抽菸的濃重氣味。我到昌家借廁所，馬桶邊堆滿了漫畫、故事書、報紙和電視周刊，這些東西在我家裡都是違禁品，父母常說：「上廁所就上廁所，做什麼事都要專心。」

我花很長的時間待在廁所裡，閱讀了許多故事書和電視周刊，菸氣有時候仍瀰漫在小小的空間裡，菸灰缸裡滿是菸蒂，佳美香皂的味道也混在其中，成為一種奇異的氛圍，把所有的煩惱都隔絕在外，身體與心靈的鬆弛，帶一點萎靡頹廢，永不會天黑的，長久的下午。

在蚊帳裡的時光是穩妥的，到了外邊與男生一起的遊戲，就風波難測了。夏日的夜晚，我們在廣場草地上玩官兵捉強盜，兩個弟弟捉我們三個姐姐，恬恬拔腿往鐵絲網的方向跑，鐵絲網被剪了幾個大洞，她想鑽出去，我就跟在她後面，看見她彎下身子，聽見那聲淒厲尖銳的喊叫。一切都那麼快，快到像是假的。恬恬的臉被鐵絲狠狠劃過，她的速度有多快，鐵絲割裂的就有多深。我是最先扶起她的，鮮血嘩嘩流下來，從她的身上到我的手上。我很鎮定將她扶上弟弟的車，那輛三輪小腳踏車，從來沒騎得那麼快。我跟在旁邊跑，心跳得那樣劇烈，她會不會瞎了？她會不會死了？

母親和昌媽媽將恬恬送到醫院去，曾經當過護士的母親介紹了一位手術做得很好的醫生為恬恬縫合傷口，她的傷口在下眼瞼與顴骨之間，一道疤痕，不管手術多麼高明，還是一道疤痕。那一夜，母親說我一直做噩夢，在夢裡怕得又哭又叫。恬恬不再和我們一起玩了，她成為一個少女，有著少女的嬌怯，也有著少女的憂愁。她開始約會，開始有男生到村子裡來找她，當她和一個男生在門口講話的晚上，我和淨淨攀在窗上偷看，淨淨說：「這是恬恬的男朋友喔，恬恬將來會嫁給他的。」恬恬與那個男生糾纏了好多年，時好時壞，只要看她瘦了還是胖了，就知道她的愛情狀態如何。

她不再是與我們分享祕密的那個女孩了，她的臉上有一種深沉的，細緻的悲哀，是淨淨不能明白的；我也不能明白，只覺得那男人用情不專，總令她傷心欲絕，就該和他分手。「他也沒辦法，他媽媽不喜歡我，因為我是外省人啊，生活習慣什麼的，都不一樣……」她只有一次和我談過這件事，說的時候也沒有特別的情緒。我看著她眼窩下的陰影與疤痕，現在她已經不只有這道傷了，我知道她的手腕上還有傷痕，那一刻，感覺我們的距離好遠好遠。

過了幾年，我和一個交往中的男孩子回家去看他的父母。他們客氣的招待我，只是在男孩去接電話的時候，他的父親說，其實妳是一個很好的女孩子，可是喲，妳是外省人，將來要怎麼溝通？怎麼一起過生活咧？我微笑地點點頭。看著坐滿廳裡的人們，看著那個男孩打完電話走過來，捱著我坐下，將我的手握進掌中，我忽然覺得他是陌生的，這一切都是那麼陌生，我是如此孤單，我的手麻痺得沒有一點感覺，於是我想到恬恬。此時此刻，與我最貼近的，只有恬恬了。

我忽然覺得好抱歉，想起上一次在淨淨的婚禮上，我看見恬恬和那個男人一起出席，明明聽說那個男人已經和別人訂婚了，他們卻仍在一起。我看見憔悴的恬恬，她挽著男人，熱烈的與我招呼，我卻故意別開臉和淨淨說話，那時候我在想什麼呢？我終於明白了恬恬的處境與不得已，她只是想愛自己深愛的人罷了。一直都只是這樣的，但我不懂得，等我懂得的時候，我們已經不會再相遇了。

淨淨嫁的是個外省男孩，就像許多外省男孩那樣，他帶著淨淨和新生的嬰孩，到美國去了。淨淨寫了一封信給我，抱怨新移民的生活很難適應，天天都想回來，但她也知道不可能了。末了，她告訴我，恬恬出嫁了，嫁的也是個本省家庭，認識兩個月就結婚了，是公證的，所以沒有發喜帖，但她覺得我應該要知道。我知道的卻不僅只於此，如果恬恬要花上十幾年去了斷一場深刻的愛戀，她怎麼可能用兩個月的時間就愛上一個人？她確實嫁了想嫁的那種人，只是沒有愛情。

幾年後我在假日花市裡尋找一盆毋忘我，想要送給情人當做生日禮物，竟然遇見淨淨的丈夫，他挽著另一個女人，與我面對面走來。我們都沒有閃躲，他那麼自然的向我介紹，說這是他現在的妻子，說他和淨淨的孩子死去了，說淨淨與他離婚後選擇待在美國，還說他和淨淨也沒連絡了，不知道她現在過得好不好。與他道別後，我拎著那盆毋忘我，站在各色盛放的花卉中，不知何去何從。忽然想起，當年與淨淨圍著蝴蝶，久久等候，牠卻依然不屬於我們。忽然想起，我和情人自從上次淡漠地掛上電話，已經有兩個多月沒有連絡了。忽然想起。

我知道我們不會再相遇了，走過再也不會開花的園子，走過再也回不來的青春年少，一隻粉紫色的小蝴蝶，緩緩從草地上飛過。

我還記得那一扇窗子裡，三個小女孩的祕密盟約，一場華麗的婚禮，一個美麗的新娘，兩個伴娘，缺一個都不行。真的喲，不可以反悔喔，我們都會很幸福的。

風箏牆頭落

回到闊別二十多年的村子裡，是一個多風的黃昏，村前廣場上沒有騎腳踏車的孩子；打棒球的孩子；放風箏的孩子，寂靜地，連犬吠的聲音也沒有，像是一個等候晚飯卻不小心盹睡而去的老人。於是，我的步子也放輕了，拐進狹仄的巷弄裡，這通道是否會想念起那些腳步騰騰呼嘯而過的孩子們？天空裡飛起一隻風箏，一隻菱形的飄著鬚帶的風箏，就像是我的最初擁有，並且飛上天去的那隻風箏。那是在勞作課上老師交代的功課，按照慣例是由父親捉刀完成。父親裁了一張彩色紙，黏在綁好的竹條上，將線團交到我手中，我便拖著風箏在廣場上奔跑起來了，我跑得那樣快，好像要飛起來的是我自己似的。不久，風箏果然凌空而起，我大笑大叫，快活得不能自已。

有一些人家的女孩子是不放風箏的，嵇家的大女兒璐子捧著一紙箱帆船，從廣場邊緣走過，她低著頭不看我們。黎家唯一的女兒阿音夥著兄弟們出門了，那女孩挺著脊背注視我們，隱隱然彷彿微笑著。紀家穿牛仔褲的女兒安致，剪得很薄的短髮，騎著腳踏車飛一樣的掠過我身邊，我聽見她從鼻子裡噴出來的，哼。

曾經，我的風箏飛在天上，如今，是誰家的孩子放風箏？

我往廣場去的時候，經過璐子家，彷彿仍能看見她坐在巷子裡的小凳子上，低頭將船紮好帆，上勻顏色，一隻一隻排列起來，看著很壯觀，那些船都要運到外國去賣的。她一邊做著手工一邊聽著電視，「長白山上的好兒郎，吃苦耐勞不怕冰霜，伐木採參墾大荒，呀嘛……」那時候家家戶戶都在看連續劇《長白山上》，璐子家的孩子多，沒有電視，她便將椅子搬到門外，聽著隔鄰的電視，紮出一隻隻帆船。璐子有一個哥哥，一個弟弟，男孩子當然是不必做這些事的，便是她的三個妹妹也不用做這些，只有璐子，和她的媽媽，母女兩人沉默對坐，不斷不斷的製作著帆船、蠟燭、聖誕掛飾，年復一年。每年夏天大學聯招放榜，廣播裡播報榜單，村子裡總是凝著一股緊張的氣氛，我們這群孩子從牆根邊溜過，聽著那些名字被平板地唸出來，直到天已經很黑了還沒報完。璐子的哥哥考了兩年大學都沒考上，嵇媽媽愁眉苦臉的對母親說：「能怎麼辦呢？還得讓他補習一年啊，男孩子嘛。是不是？」

璐子很爭氣，只一次就考上了國立大學，那時候《保鑣》正演得如火如荼，我在準備高中聯考的晚上，一手抓著書躲在樓梯上偷偷看電視，被父母親逮著的時候就氣急敗壞的數落我：「妳是怎麼回事？人家是想讀書沒書可讀，妳是求著讓妳讀，妳還不好好讀？」我落荒而逃，心裡知道他們說的是璐子，嵇家沒讓璐子去註冊，因為家裡的經濟不允許。她有沒有為自己爭取過呢？我只記得她看起來無精打彩，邊做手工邊準備高普考，同時，開始有人來作媒了。嵇媽媽說先做兩年朋友，等到璐子大一些就可以結婚了。

高中沒考上，我向父母陳情，說我不想唸書了，我也可以準備高普考，過幾年就結婚，好像璐子那樣。「人家璐子什麼都會做，是人人都搶著要的好媳婦，妳連蔥和蒜都分不清，怎麼像璐子一樣？」母親一語驚醒夢中人，我不再幻想可以像璐子，只好去唸五專，也許過了五年能分得清蔥和蒜。

璐子當然考上普考，穿起窄裙高跟鞋去上班了，她也認識了幾個男孩子，但是沒能結婚，首先是那些男孩子家庭環境不夠富裕，嵇媽媽不喜歡，再者璐子動了心真想嫁，嵇媽媽又擔心家裡的重擔沒人扛，不肯放人。璐子是這樣耽誤下來的，「再等幾年」，是嵇媽媽對璐子說的，也是璐子對男人說的，但，即使璐子肯等，男人也不一定肯等；即使男人肯等，歲月也不一定肯等；即使歲月肯等，愛情的衰老萎落又是何等的迅速。

璐子的兄弟和妹妹都成家了，有幾位也出了國，那垂著簾幕的窗子裡，住著的是璐子和嵇媽媽。母親在醫院裡當志工，與嵇媽媽重逢了，她陪璐子來看診，說璐子多半的時間還好，發作起來就要衝到哥哥家去理論，總說是人家欠了她的，也說不清欠了什麼。「都是一家人，誰欠誰的了？說到底是我欠了她的，全是我不對，我只有心甘情願的伺候她。」窗裡的一對母女早就不再紮船了，那船揚起的帆將家人送到遠方，卻載不起她們的夢想，擱淺了，哪兒也去不成。

村子裡養出的女兒不只是溫柔和順的，也有爆炭一樣的女孩，紀家安致就是。那時候一家只有一台腳踏車，通常是哥哥姐姐不騎了才輪到弟弟妹妹，安致不吃這一套，凡是哥哥有的她照例要一份，兩兄妹一人騎著一台新車，穿巷逐弄的，好不神氣。在我學會騎腳踏車之後，弟弟也開始用爸爸的舊腳踏車練習，歪歪斜斜好吃力。安致領著一群孩子經過，故意繞著弟弟的車子打轉，時時阻攔他的去路，弄得千驚萬險。當時正好我家的訪客，一位妝扮時髦的阿姨看見了，便嚴厲地喝止她：「喂！這樣很危險啊。女孩子怎麼這麼沒家教？」安致停住車對著阿姨上下打量，一轉車頭疾馳而去，其他的孩子一哄而散。

阿姨領著弟弟回家來，向我們敘述事件始末，我記得她那天穿著很漂亮的露背裝和喇叭褲，我還沒見過別人穿喇叭褲，好奇的盯著她看。她和母親正在說話，門外忽然鬧嚷起來，一聲聲喊著「出來」。母親開了門，便見到安致揚著一把剪刀揮舞著：「叫那個妖裡妖氣的女人出來，看我把她的喇叭褲剪成拖把！」紀媽媽匆匆趕來，看見這樣的場面，大家都好尷尬。紀媽媽叫安致向阿姨道歉，安致斜著眼睛看人：「我為什麼要道歉？她說我沒家教，她才該向我道歉。」紀媽媽惱起來了：「怪不得人家說妳沒家教，妳看妳什麼樣子！」「媽！」安致大聲喊：「妳幹嘛這樣說我？我是妳女兒耶！」我從大人的身後探出頭來，看著這刺激的一幕，一個比我大不了多少的女孩，挑戰大人的權威，許多大人，而她無所畏懼。

後來，我在一些婦女成長團體的活動中，看過她慷慨激昂的身影。我們隔著許多人遠遠的瞭望，並不打算相認，彷彿也無舊可敘，只是看見彼此了。但，她一定不會知道，每當我看見她就會想起，她揚著剪刀要把阿姨的喇叭褲剪成拖把的威脅，多麼有創意的暴行啊，我在散了會的長街上，忍不住地偷偷發笑。

村子裡當然也有自生自長的女孩，像是黎家阿音。黎家有五個孩子，阿音排行第二，我和她的弟弟是同班同學。她弟弟常逃學，要不就是放了學不回家，阿音便押著弟弟來上學，或是在教室門口截了弟弟回家。黎家父母幾乎都不在家，孩子們自己照顧自己，一年四季都穿著制服，即使在放假的時候。有一次我去黎家找同學，討回我的故事書，阿音正在庭院裡曬衣服，我靦腆地站在門口，看著院牆上長滿了綠森森的植物，垂藤與蔓條密密攀爬著，陽光被濾在門外了。阿音從屋裡拿了故事書給我，她站在我面前，足足高我一個頭。「進來玩嗎？」她問。我搖頭，接過故事書，她伸手輕輕拉了拉我的辮子：「妳的辮子很漂亮，誰紮的？」「我媽。」她看著我微笑，好像還有話要說，我退一步站進陽光裡：「我要回家了。」我奔跑回家，雖然沒有回頭，卻覺得她一直在注視著我。

阿音的弟弟很怕阿音，我卻覺得她挺好的，只是我仍不敢同她說話。鄰居在村邊放養了兩隻小鴨子，嬌嫩的金黃色，蹒跚的邁著步子，非常可愛。我們總愛捉弄牠們，故意吆喝追趕著，讓兩隻小鴨魂飛魄散。那天放學我又去尋小鴨，一路追著叫著樂瘋了，止不住步子，就聽見噗噗兩聲，小鴨被趕進了稻田的泥塘裡，這一下輪到我魂飛魄散了，看著載浮載沉的兩隻小東西，不知所措。阿音正好經過，她扔下書包跳下田埂，撈起兩隻鴨，一邊安慰我鴨子會游水，淹不死的，一邊把小鴨帶回她家的庭院沖洗。我看著她細心的將小鴨的絨毛洗乾淨，放任小鴨散步，說要等鴨毛乾了就放牠們回去。「阿音姐，妳可不可以不要告訴我媽媽？」我乞求地。「妳媽媽很凶嗎？」我點頭。「那一定是因為妳不乖吧？」我本來想申辯的，看了一眼鴨子就說不出話來了。「其實妳爸和妳媽都好好，我很羨慕妳哦，真的。」那大約是我和阿音相處最久的一次，後來我看見她就想起落湯鴨的罪孽，還是不太敢和她說話。

二十幾年之後，我和母親在市場買菜，竟然與阿音重逢，如果不是阿音來喚母親，我們根本認不出是她。阿音牽著女兒的手，很高興的和我們聊天，她要女兒叫母親婆婆，叫我阿姨，我看著比我矮一個頭的阿音，感覺著歲月的巨大力量。她的女兒纖白細瘦，紮兩條辮子，穿著背帶裙，白襪黑鞋，乖乖巧巧，閃著黑眼珠羞怯地叫了人。分別以後，我和母親都沉默下來，好一會兒，母親才說：「呃，妳看那個小女孩……」「對啊。我看到了。」我們不再說什麼。

假如在青春的時候造了一個夢，是不是就要以一生去追尋？

阿音死於乳癌的消息輾轉傳來，我立即想到的是她的女兒，想到自己見到那小女孩時的驚詫。彷彿遇見許多年前的我自己，瘦伶伶的站在陽光裡，紮著兩條麻花辮，穿著媽媽新做的背帶裙，蕾絲邊的白襪子配著爸爸擦得晶亮的黑皮鞋，細細軟軟的，害羞的說：「我來拿我的故事書。」

到底是誰在放風箏呢？我往廣場走去，廣場上空無一人，不遠處的牆頭，遺留著一截折斷的風箏，塗著蠟筆的色彩都剝落了，竹條上積著灰土，好像飛過許多地方，經歷了許多滄桑。

青春並不消逝，只是遷徙

那一段被煙塵封鎖的記憶啊，
雲霧散盡，身形偉岸，微笑著的老師，
忽然無比清晰地走到我的面前來。

❁

那時候的我，正當青春

那一年我二十五歲，剛考上博士班，一邊修習學位，一邊創作，已經出版了第一本小說集《海水正藍》，並且因為難以預料的暢銷狀況，引人側目。我很安逸於古典世界與學院生活，那裡是我小小的桃花源。我可以安靜的圈點和閱讀，把自己潛藏起來，遇見一個巧妙的詞句，便可以讚歎玩味許久，得到很大的喜悅。不知從哪裡看見形容男子「身形偉岸」的詞彙，狠狠琢磨一回，那是怎樣的形象呢？我們中文系的教授們，有溫文儒雅的；有玉樹臨風的；有孤傲遺世的，但，都稱不上偉岸，我心中彷彿有著對於偉岸的認識，只是難以描摹。

寒假過後，我遇見這樣一位教授，高大壯碩，行動從容，微微含笑，為我們講授詩詞，因為曾經是體育系的，他看起來不同於一般的中文系氣質。每個週末，我們都要到老師家裡上課，大家圍著餐桌，並不用餐，而是解析一首詩或者一闋詞。看見他朗然笑語，噴吐煙霧，我悄悄想著，這就是一個偉岸男子了吧？四十幾歲的老師，當時在學術界是很活躍的，意氣風發，鋒芒耀眼，上他的課，常有一種戒慎恐懼的心情。我幾乎是不說話的，一貫安靜著，卻從未停止興味盎然的觀看著他和他的家庭。

他有一個同樣在大學裡教書的妻子，兩個兒子。當我們的課程即將結束時，師母和小兒子有時會一起進門。師母提著一些日用品或者食物，小男孩約莫十歲左右，背著小學生的雙肩帶書包，脫下鞋子，睜著好奇的黑眼睛盯著我們瞧，並不畏生。老師會停下正在講解的課程，望向他們，有時交談兩句，那樣的話語和眼神之中有著不經意的眷戀。我漸漸明白，老師像一座植滿綠陽垂柳的堤岸，他在微笑裡，輕輕擁著妻與子，一大一小兩艘船棲泊，所以，他是個偉岸男子。

我們告辭的時候，老師家的廚房裡有著鍋爐的聲響，晚餐漸漸開上桌了。我們散蕩地漫步在高架橋下，走向公車站牌。一點點倦意，還有很多憧憬，我忽然想到自己的未來，會不會也有這樣的一個溫暖家庭呢？一種圍桌共餐的親密情感？一個背著雙肩背包的小男孩？天黑下去，星星爬上天空了。

修完博士學位的暑假，邀集一群好友，將近一個月的神州壯遊。回到台北，整個人變得懶懶的，開學前下了一場雨，秋天忽然來了。同學來電話，告訴我罹患癌症的師母過世了，大家要一起去公祭，他們想確定我已經歸來。

不知道為什麼，我一直覺得師母應該會康復的，她還年輕，有恩愛的丈夫；有還會撒嬌的兒子，她應該會好起來。那一天，我去得很早，從頭到尾，想著或許可以幫什麼忙。但，我能幫什麼忙？誰能幫什麼忙？告別式中，擴音器裡播放的是費玉清繚繞若絲的美聲：「妹妹啊妹妹，妳鬆開我的手，我不能跟妳走……」我在詫異中抬起頭，越過許多許多人，看見伏跪在地上的那個小男孩，那時候他其實已經是國中生了，因為失去母親的緣故，看起來特別瘦小。我有一種衝動想過去，走到他的身邊去，看住他的黑眼睛，說幾句安慰的話。但我終於沒有，因為我不知該說些什麼，而且我怕看見他的眼淚便忍不住自己的眼淚。

人生真的有很多意外啊，只是，那時候的我仍然天真的以為，我已經獲得學位了，有了專任的教職，還有人替我介紹了留美博士為對象，只要我有足夠的耐心，只要我夠努力，就可以獲得幸福。我也以為，這個家庭的坎坷應該到此為止了，應該否極泰來了。

一年之後，我陷在因情感而引起的強烈風暴中，面臨著工作上的艱難抉擇，突然聽聞老師腦幹中風，病情危急的消息。到醫院去探望時，老師已經從加護病房進入普通病房了，聽說意識是清楚的，那曾經偉岸的身軀倒在病床，全然不能自主。那個家庭怎麼辦？那兩個男孩怎麼辦？同去的朋友試著對老師說話，我緊閉嘴唇沒有出聲，我只想問問天，這是什麼天意？不是說天無絕人之路的？這算是一條什麼路？

老師從三總轉到榮總，開始做復健的時候，我去探望，那一天他正在學發聲。五十歲的老師，應當是在學術界大展宏圖最好的年齡；應當是吟哦著錦繡詩句的聲音，此刻正費力地捕捉著：噫，唉，啊，呀……滿頭大汗，氣喘嘘嘘，看護樂觀地說老師表現得很棒，我們要給老師拍拍手哦。走出醫院，我的眼淚倏然而落，順著綠蔭道一路哭一路走，這是怎樣荒謬而殘酷的人生啊。

同時間發生在我身上的傷挫並沒有停止，總要花好大的力氣去應付，應付自己的消沉。從那以後，我再沒有去探望過老師，只從一些與老師親近的人那兒探問老師的狀況，老師出院了，回家調養了，原來的房子賣掉了，搬到比較清幽的地方去了。偶爾車行經過高架橋，我仍會在歲月裡轉頭張望那個方向，帶著惆悵的淡淡感傷。那裡有一則祕密的，屬於我的青春故事。

後來，我與青春恍然相逢

這一年，我已經在大學裡專任了第十一個年頭了，即將跨入四十年紀。生活忽然繁忙起來，廣播、電視和應接不暇的演講，但，我儘量不讓其他雜務影響了教學，總是抱著欣然的情緒走進教室，面對著那些等待著的眼睛。特別是為法商學院的學生開設的通識課程，在許多與生命相關的議題裡，我每每期待著能將自己或者是他們帶到一個意想不到的地方去。

每一年因為學生組合分子的不同，上課的氣氛也不相同，若有幾個特別活潑又充分互動的學生，就會迸出精彩的火花。有時遇見安靜卻願意深刻思考的學生，他們的意見挑戰我的價值觀和認知，也是很過癮的事。一個學期的課，不敢期望能為學生們帶來什麼影響，只要是能提供機會讓他們認識到自己，就已經夠了。

這個學期，有幾個學生聆聽我敘述的故事時，眼中有專注的神采。有一個經濟系的男生，特別捧場，哪怕我說的笑話自己都覺得不甚好笑，他一定笑得非常熱切，也因此他沒出席的日子，課堂上便顯得有點寂寥了。通常這樣有參與感的學生在討論時都會踴躍發言的，這個男生卻幾乎從不發言。該笑的時候大笑；該點頭的時候用力點頭，只是不發言，我猜想或許是因為他不擅言詞吧。輪到他上台報告時，他從余秋雨的《文化苦旅》說到神州大陸的壯麗山河，全不用講稿，也不用大綱，侃侃而談，不像是商學院的學生，倒更像是中文系的。我坐在台下，仰著頭看他，原來是這樣高的男孩子。明明是青春的臉孔，流利地報告著的時候，卻彷彿有著一個老靈魂，隱隱流露出淺淺的滄桑。他在台上說話，煥發著光亮、自信的神態，與在台下忽然大笑起來的模樣，是極其不同的。當他結束報告，掌聲四起，連我也忍不住為他拍手了。

冬天來臨時，通識課結束，我在教室裡前後行走，看著學生們在期末考卷上振筆疾書。一張張考卷交到講台上，我從那些或微笑或蹙眉的面容上，已經可以讀到他們的成績了。

捧著一疊考卷走出教室，那個經濟系男生等在門口：「老師。」他喚住我：「可以耽誤妳一點時間嗎？」

我站住，並且告訴他，只能有一點時間，因為我趕著去電台。每個星期五的現場節目與預錄，令我有些焦慮。

「好的。」他微笑著，看起來也很緊張，隨時準備要逃離的樣子：「我只是想問妳還記不記得一位老師……」他說出一個名字。忽然一個名字被說出來。

我感到一陣暈眩，那一段被煙塵封鎖的記憶啊，雲霧散盡，身形偉岸，微笑著的老師，忽然無比清晰地走到我的面前來。我當然記得，即使多年來已不再想起，卻不能忘記。

「你是……」我仰著頭看他，看著他鏡片後的黑眼睛，眼淚是這樣的岌岌可危。

暮色掩進教學大樓，天就要黑了，然後星星會亮起來。曾經，那是晚餐開上桌的時間，如今，我們在充滿人聲的擁擠的走廊上相逢。十幾年之後，他唸完五專，服完兵役，插班考進大學，特意選修了這門課，與我相認，那令我懸念過的小男孩，二十四歲，正當青春，我卻是他母親那樣的年齡了。青春從不曾消逝，只是從我這裡，遷徙到他那裡。

後來，我聽著他說起當年在家裡看見我，清純的垂著長髮的往昔，那時候我們從未說過一句話，他卻想著如果可以同這個姐姐說說話。我聽他說著連年遭遇變故，有著寄人籬下的淒涼，父親住院一整年，天黑之後他有多麼不願意回家，回到空盪盪的家。我專心聆聽，並沒料到不久之後，我的父親急症住院，母親在醫院裡日夜相陪，我每天忙完了必須回到空盪盪的家裡去。那段禍福難測的日子裡，我常常想起男孩對我敘述的故事，在一片恐懼的黑暗中，彷彿是他走到我的身邊來，對我訴說著安慰的話，那是多年前我想說終究沒有說出來的。我因此獲得了平安。

與青春恍然相逢的剎那，我看見了歲月的慈悲。

國家圖書館出版品預行編目資料

青春【全新版】／張曼娟著.--初版.--臺北市：
皇冠文化. 2015〔民104〕
面；公分（皇冠叢書；第4459種）
（張曼娟作品；13）
ISBN 978-957-33-3145-2（平裝）

855 104003431

皇冠叢書第4459種
張曼娟作品 13
青春【全新版】

作　　者—張曼娟
發 行 人—平雲
出版發行—皇冠文化出版有限公司
台北市敦化北路120巷50號
電話◎02-27168888
郵撥帳號◎15261516號
皇冠出版社(香港)有限公司
香港上環文咸東街50號寶恒商業中心
23樓2301-3室
電話◎2529-1778　傳真◎2527-0904
責任主編—許婷婷
美術設計—王瓊瑤
著作完成日期—2015年2月
二版一刷日期—2015年4月
二版五刷日期—2019年9月
法律顧問—王惠光律師

讀者服務傳真專線◎02-27150507
電腦編號◎012113
ISBN◎978-957-33-3145-2
Printed in Taiwan
本書定價◎新台幣280元/港幣93元